Mujeres y agonías

Rima Vallbona

Arte Público Press
Houston, Texas
1982

Arte Público Press
Revista Chicano-Riqueña
University of Houston
Houston, Texas 77004
E.U.A.

Portada: "Las Moiras" por Cristina Fournier

A mis hijos, inspiración y ci-
miento de mi vida y de mi
obra.

Por lo general los narradores se inician escribiendo cuentos, género que consideran, sin razón aparente alguna, de más fácil realización que la novela. Rima Vallbona, en cambio, se dio a conocer en el mundo de las letras con una novela, *Noche en vela* (1968), que le valió el premio "Aquileo J. Echeverría". Por razones que intuimos, de la novela pasó a cultivar el cuento y en 1971 publicó *Polvo del camino,* colección de diez relatos que le dio fama internacional como excelente cuentista, ya que allí demuestra que domina la técnica de este difícil género. Y ahora confirma su habilidad en la narración corta con estos trece cuentos recogidos bajo el apropiado título *Mujeres y agonías.*

Lo que más nos admira al leer los cuentos de Rima Vallbona es la manera en que de inmediato nos introduce a un mundo hermético del cual nos es imposible escapar hasta no haber leído la última frase. Y a la vez esa lectura inicial incita nuestro deseo de leer las siguientes narraciones, y así hasta la última página. Retener la constante atención del lector no es fácil y sólo lo logran aquellos escritores que han dominado el arte de narrar, entre quienes hay que colocar a Rima Vallbona.

El mundo creado en *Mujeres y agonías* es un mundo de trasfondo realista sugerente de las sociedades que predominan en nuestra América. Ese realismo se obtiene utilizando, en dosis moderadas, el lenguaje característico de Centroamérica, sobre todo el de Costa Rica, país de origen de Rima Vallbona. Lo que no indica, de ninguna manera, que sus cuentos puedan ser considerados como relatos regionales o costumbristas. Al contrario, Rima Vallbona sabe elevar el lenguaje regional a un nivel artístico que le permite elaborar narraciones de carácter cosmopolita utilizando las más modernas técnicas, por medio de las cuales da expresión a los más complejos problemas psicológicos.

Para crear una narrativa distanciada de esa opresiva realidad que la apoya, Rima Vallbona introduce la duda en cuanto a la naturaleza de esa misma realidad. En el cuento "Oíd, Adán es sal" predominan los elementos irreales. Para darles verosimilitud a los elementos fantásticos que se introducen en este cuento de tema teológico —la aniquilación del perro por la garrapata, por ejemplo— el personaje, desde su punto de vista ficticio, sugiere que lo ocurrido fue una pesadilla, "porque esas cosas, bueno, sólo en sueños, o en la locura, se conciben".

Más frecuente, para obtener el mismo efecto, es el uso de la técnica narrativa que encarna la anécdota contemporánea en un relato o un mito clásico. El cuento con el cual se inicia la colección, "Penélope en sus bodas de plata", es un típico ejemplo de esa manera de narrar, que Rima Vallbona maneja con dominio de la técnica y soltura en el uso de los motivos artísticos. Al tema —el contraste entre la sensibilidad refinada y el agobiante acontecer de la vida diaria— se le da forma introduciendo motivos realistas (el insoportable olor a ajos y fritangas, por ejemplo) y míticos (el paraíso) o sacados de la literatura clásica (la madre se pasa la vida "tejiendo, tejiendo, siempre tejiendo"). En verdad, el concepto dialéctico paraíso/infierno es motivo que reaparece con insistencia en estas narraciones de bien entretejida urdimbre. El infierno se convierte en el símbolo de la vida cotidiana y el paraíso en el lugar donde es posible escaparse de ella. En "Parábola del edén imposible" la protagonista lucha por escaparse de esa vida: "... su planeta de cotidianidades era un infierno donde había vivido en plena conformidad enterrada viva por años, siglos, milenios, cumpliendo con el quehacer de Sísifo. Quiso entonces salir, hizo un esfuerzo sobrehumano por romper la malla de cotidianidades de su infierno, pero fue inútil, se sintió más prisionera que nunca".

No menos frecuente, para elevar la realidad empírica a un nivel artístico, pero sin llegar a la idealización, es el uso de símbolos. En el mismo cuento, la estrella azul simboliza la felicidad perdida; en cambio, el chumico es el símbolo de la felicidad concreta según la entienden los niños pobres, y el panadero representa el ángel-del-perdón para la niña golosa, quien la ayuda a deshacerse de su culpabilidad. Lilia Ramos en su "Preámbulo" a *Polvo del camino* nos dice que la abundancia de símbolos en el cuento "La niña sin amor" la abruma, ya que algunos son "de sentido notorio" y otros "de abstracto desentrañar". No ocurre lo mismo con ninguno de los símbolos utilizados en los cuentos recogidos en *Mujeres y agonías,* ya que todos ellos tienen una función bien delimitada y ayudan, sin ser obvios, a la elaboración artística del relato.

En algunas de las narraciones predominan los motivos fantásticos sobre los realistas. Así ocurre en "El impostor", donde se establece un contraste entre dos mundos, el del presente y el del siglo dieciocho mexicano en sus provincias del Norte, al cual el protagonista, Pedro Romero, desea pertenecer, ya que es un personaje que vive fuera de su tiempo. Los dos mundos, y los dos tiempos del relato, están unidos por medio del retrato del Conde de Regla, personaje histórico del siglo de las luces que, en el cuento, tiene mayor realidad que el personaje vivo, su supuesto descendiente Pedro Romero, cuyos ojos "parecían pintados al óleo". La atribución de características del mundo de la pintura al personaje vivo, y de la vida real al personaje en el retrato, es lo que crea la irrealidad. La transformación de Romero es paulatina, pero inexorable: sus sueños son más reales que la realidad, más vivos que su propia vida. Y se pregunta: "Yo no sé qué es más aterrante, si la región del sueño, o la de la realidad". El tema de la identificación del personaje con un retrato, recurrente en la literatura universal (el cuento "La cena" de Alfonso Reyes viene al caso) lo capta **Rima Vallbona** con originalidad y verosimilitud. "Beto y Betina" es el otro cuento en el que también se capta con gran destreza otro motivo fantástico, el cambio de personalidad, en este caso sexual, hecho carne en los personajes principales.

En general, en los cuentos aquí recogidos predomina el equilibrio en el uso de motivos reales e irreales, característica que imparte a la narrativa de Rima Vallbona una nota original, subyacente en toda su obra. Eso es lo que encontramos en cuentos como "Bajo pena de muerte", "El juego de los grandes" y "En el reino de la basura". En el primero el asesinato del Juez José Benavides por las autoridades, por razones políticas, ya que lo acusan de ser enemigo del gobierno, presenta una situación que en la realidad histórica se ha convertido en un diario acontecer. La anécdota es presentada desde el punto de vista de los seres afectados por el crimen, doña Jacinta y su hijo Pablo, con el objeto de captar la angustia que el hecho ha causado en los familiares del desaparacido. El brutal acontecimiento —la muerte y el no dejar las autoridades que se dé sepultura al cadáver— se va revelando paulatinamente y a través de la sensibilidad de la esposa y el hijo. Pablo se refugia en el regazo de la madre para "volver a la matriz que lo protegía del mundo, de la vida, de la muerte". La búsqueda del cadáver, captada en términos de un descenso al infierno, es una verdadera odisea. A los soldados que han fusilado al Juez se les presenta asociados a imágenes que los deshumanizan; son hombres sin boca que hablan con frases deshilvanadas. El cruel consejo del soldado que vigila el cadáver del Juez revela la actitud del hombre brutalizado, insensible ante los sufrimientos, sobre todo de las mujeres: "Vaya —le dice a la esposa— a su casa a cuidarla y guardarla como todas las mujeres del pueblo, y deje de importunar". La gran humanidad de la madre y esposa se ve cuando, a pesar de su angustia, no insiste en que el sepulturero le entregue el cadáver, pues el acto lo condenaría. La figura de doña Jacinta resalta como una de las más logradas y admirables en la narrativa hispanoamericana.

Hay que añadir que en todos los cuentos de *Mujeres y agonías,* como en "Bajo pena de muerte", encontramos cierta ira reprimida causada por las injusticias, la discriminación social o sexual y la inhabilidad de los pueblos nuestros para resolver sus problemas, que parecen ser crónicos. Con estos cuentos Rima Vallbona se coloca entre los más hábiles practicantes del género, no sólo en su país, sino en la América hispana, en donde el cuento no ha sido desdeñado, como en otros países, por los más importantes narradores.

A través de la obra narrativa de Rima Vallbona encontramos un tema que le da unidad y la define: ansia de liberación de parte de la mujer, aunada a una perenne angustia. Ansia y angustia son las palabras claves que definen su obra toda. Mas dejemos que el lector juzgue su valor y, más importante, que goce de la lectura de estas trece joyas narrativas.

Luis Leal
Universidad de California
Santa Bárbara

PENELOPE EN SUS BODAS DE PLATA

A la mujer que se ha desco-
yuntado de la sociedad farisea.

Los preparativos de la fiesta han creado un ambiente de zozobra entre los habitantes de la casa. ¡Ni que fuera un personaje encopetadísimo el que vamos a recibir! A lo mejor suceda algo que haga historia en esta dormida ciudad. Yo mismo estoy inquieto, con las horas del día agitándose vanamente para acomodarse a mi ritmo cotidiano de trabajo, pero imposible. Todo se ha salido de su habitual rutina, ha roto límites sabidos y rueda hacia algo inesperado y... ¡qué carajo! , ¿qué será? ¿Sucederá de veras algo?

Una fiesta es una fiesta, viejo, aflojá los nervios, no dejés que se tensen como cuerdas de violín y te cimbren por todos los recovecos de tu corpachón al mínimo golpe de la vajilla que va limpiando cuidadosamente Jacinta, la vieja criada.

"Yo, que la tuve en mis brazos cuando todavía era una figurita de nada, mire que verla ahora... ¡nunca creí que mis años iban a aguantar tanto, tanto! ¡Nunca lo creí! ", sigue Jacinta silbando su letanía entre las cavidades negruzcas de sus pocos dientes, limpia que limpia, mientras provoca en el lavadero, entre chorros de agua, una orquestación de porcelanas, cristales y platerías. Ese insoportable olor a ajo y fritangas impregna además el ambiente; se me ha metido ya hasta los tuétanos y me tiene aquí descoyuntado con unas náuseas del demonio que no sé si son de la comida o, bueno, de lo que va a pasar hoy.

Esos ruidos, esos olores culinarios, mezclados con el aroma penetrante de jazmines, perfumes-de-tierra, rosas y gardenias, subiéndome desde el estómago en una bola de náusea, me van abriendo distancias entre las cosas que antes siempre manipulé sin reserva, casi con desdén. Es como si las cosas se fueran haciendo poco a poco sagradas y yo las estuviera profanando. Al tomar la cucharilla de café, la he tenido que soltar con cierto amago supersticioso. ¡Condenadas náuseas! El cigarrillo que iba a encender lo sentí vivo en la boca y lo dejé caer sin ánimo de levantarlo.

Charito y Laura cantan haciendo las camas, y al tender las sábanas limpias, blanquísimas, deslumbradoras a la luz de la mañana, sus frescos brazos dibujan en el aire veleros mágicos, imposibles, que desencajado en este sillón, ponen en mí deseos de entrar en su círculo íntimo de risas y canciones y sorberles a las dos todos sus besos. "Son tus primas, tus primitas huérfanas a las que tenés que respetar y querer siempre. Sos malo, Abelardo, lo que has hecho te puede costar las penas del infierno. Tenés que confesarte y no volver más a las mismas!". ¡Qué suave y tierna la carne de las dos bajo el agua del río! Nunca jamás tuve en mi vida después la sensación tan plena y total del paraíso: la abigarrada vegetación cayendo de bruces dentro del agua en un suicidio trascendental de ramas cuajadas de parásitas y juncos y lianas. Y el silencio agujereado por mil ruidos, reventaba en el chillido de la chicharra, o en el mango maduro que se partía al caer a tierra. Y con el susurro del río, el susurro de la sangre henchida de placeres nuevos, sanos. "Penas del infierno. Pecado mortal." Era el paraíso, mamá, el paraíso mismo que había brotado mágicamente a mis catorce años. ¡Ese sabor de piel húmeda, virginal, que se deja morder con delicia de manzana fresca! Sus cuerpecitos púberes se agitaban henchidos de placer en las ondas del río. Yo cerraba los ojos y me dejaba ir, me dejaba ir, me dejaba ir... Ellas me permitían penetrar en el ámbito que cerraban sus juveniles brazos y piernas alrededor de mi cuerpo como una red carnosa y allí me entregaba yo a la magia de los alivios de noches largas tratando de calmar el duro dolor entre las piernas, ese dolor que me daba mucha vergüenza. Era el paraíso. El infierno eran las noches que endurecían mi cama y tenía que aguantar con miedo la hinchazón del pecado. Eso era el infierno.

Pero mamá, ¡tan buena la pobre! , no comprendía ni comprende ahora que todo no son sólo juegos, bicicleta, canicas, pupitres, libros, y dos por dos son cuatro. Para ella, el sillón junto a la ventana y las dos agujas que no se cansan tejiendo, tejiendo, tejiendo, siempre tejiendo. Espera algo. Yo sé que espera algo. Cada movimiento de su aguja, rápido, nervioso, dice que espera algo. ¡Pero lleva tanto esperando! ¿Y qué ha tejido durante ese largo tiempo? Debe tener un cuarto lleno de colchas, escarpines, cotoncitas, almohadones, suéters, gorros, bufandas. ¿Dónde mete todas esas prendas que teje? Hoy, con el trajín y preparativos de la fiesta, — ¡maldita fiesta del carajo que me tiene así! — pienso en esos tejidos de mamá con inquietud. ¡Raro! , ¿dónde los guardará si nunca la he visto usarlos, ni darlos a nadie? ¿Habrá un cuarto secreto en la casa?

¿Dónde? Lana blanca. Siempre lana blanca, sin matiz alguno. Desde niño la vi tejiendo junto a la ventana y tarareando una canción melancólica, con vaivén de vals; después me llenaba de besos que temblaban de angustia. "¿Por qué tejés tanto, mamá?" Seguía tarareando y una lágrima rodaba cada vez que le hacía la pregunta. "¿Dónde está el suéter blanco que tejiste la semana pasada?" Ella se levantaba del sillón en silencio y se iba a ver si Jacinta tenía lista la comida o si había hecho las tortillas. Yo le preguntaba, pero nunca había pensado en mamá como hoy, ni en sus raros tejidos. Desde que la oía hablar y entendí sus palabras, sólo dijo eso, pecado, penas del infierno, malo... y después, como si ella nunca hubiera entrado en el círculo mágico de la carne preñada de placeres, pronunciaba únicamente palabras cotidianas: chorizo, picadillo, tamal, frijoles, limpieza, hacer la colada, regar las vincapervincas y los claveles, tejer. "Tengo que tejer. Tengo que terminar estos escarpines". Cuando dice "tengo", una lápida se posa sobre su ser, enterrándole todo lo que ha parecido vivo mientras remueve la olla de verduras o la masa del tamal.

Cuando escucha una canción de amor, o el gorjeo de un yigüirro, se agita de pronto dentro de ella, —o me parece que se agita— algo que me recuerda el círculo mágico de mis primas... como si se le entreabrieran por dentro puertas de un paraíso insospechado. Pero sigue después hablando de lo mismo, como si la vida fuera rutina y quehacer cotidiano. Papá acepta impasible su charla. No es charla, 'no. Hilvana palabras que parecen charla, pero no lo es. Lo extraño es que cada palabra suya es como si llevara en la boca la cosa que nombra.

"Dejala en su mundo, Abelardo, que ella es feliz así, en su fácil mundo de mujer. Veinticinco años de casados y ni una queja, ni un reproche. Es feliz tejiendo.

Es feliz entre los cachivaches de la cocina, arreglando ramos de flores, cambiando lugar a los muebles. Si nuestro mundo de hombres fuera como el de ellas, todo sería lecho de rosas. Mirá, mirá mis canas de estar doblado frente al escritorio".

Mamá no tiene canas, pero en sus ojos parece que llevara una lápida que le sepultara la vida por dentro. En las mañanas, al levantarse, tiene en la tez una rara humedad, como si el rocío de la noche le regara los leves surcos que ya comienzan a delinearse alrededor de sus ojos. Ni una cana. El cabello limpio, reluciente, castaño rojizo, recogido en elegante moño. Mientras no habla de todo eso cotidiano ("traé la ensalada de papas, Jacinta"), se diría una figura imperial salida de un lienzo de museo. Pero al ir pronunciando las cosas de cada día con su voz simple ("el pozol salió sabroso"), con el canturreo de su pueblo, su piel se vuelve de materia vil, despreciable; dan ganas de amordazarla y esconderla en un rincón; dan ganas de taparse los oídos para seguir viéndola imperial y bella. ¿Por qué diantres no sale de su plátano, repollo, picadillo, verdolagas...? ¡Ay, mamá, mamá! ¡Cuántas vergüenzas he pasado cuando vienen mis amigos y ella que si los tomates se pudrieron y las vainicas están tiernas, delante de ellos! Ellos me miran, se encogen de hombros sin comprender la simplicidad de su mundo y siguen hablándome de todo lo que a ella la hace encogerse de hombros con desdén.

La fiesta hoy, ¿para qué? ¿Por qué me inquieta así? Una fiesta más, como todas. La bola de náusea la tengo en la garganta. ¿Podrán caberle más tejidos al cuarto de los tejidos de mamá? ¿Pensará continuar ahí en la ventana, lana blanca, lana blanca, lana blanca? Las noches de ópera en el Teatro Nacional, absorbida por el fulgor de todas las arañas. Bailar hasta dejar los zapatos destrozados y llevar un par nuevo cada noche para acabarlo... ¿cuándo dijo ella eso? No, ella nunca dijo eso. Lo soñé yo en uno de esos sueños de niño que se confunden fácilmente con la realidad. "Y el carnet mío siempre daba envidia a las otras. Todos querían bailar conmigo". Vaga sensación de haberlo oído de sus labios. Quizás no fue ella. Alguien, alguna de esas viejas vanas que viene a visitarla y habla hasta por los codos. Lana blanca, cocina —náuseas, náuseas— es su mundo, pequeño, ínfimo, del que nunca saldrá. Pobrecilla. Como abuelita y como todas las mujeres, sin alas para volar a infinitos horizontes, sin sueños para vencer... ¡Bah! , estupideces. Si es absurdo hasta lo del cuarto de los tejidos. Esa mujercita frágil que tiene consistencia de sombra por lo vacía que está por dentro... ¡Qué tonterías se me ocurren!

Tibia y vibrante es la piel de Charito contra mis muslos, pero se me escabulle como un pez vivo... ¡es tan tierna apretada contra mí, palpitando toda de ardor sin fin y protegiendo su bella virginidad pervertida! Las penas del infierno, malo, sólo eso diferente dijo una vez, porque ella no puede comprender lo que pasa por Charo cuando roza su piel con la mía y podemos estremecernos hasta el infinito. Mamá no sabe nada de eso. ¿Lo habrá sentido alguna vez con papá... con alguien? Imposible, ella es diferente, como si no viviera más que para la lana blanca y la cocina. Raro. Cuando el profesor de historia hablaba de la dictadura de los Tinoco, sus orgías y locuras, ella, mamá, estaba ahí, en mi imaginación, pizpireta y risueña, peinada de colochos, luciendo amplios escotes, "y a mí también me quiso seducir Pelico Tinoco, pero yo..." ¡Es absurdo! No es tan vieja y además es mi madre, que sólo sabe decir...

Hora de la fiesta. Entran los invitados y poco a poco la impostura, la mentira, el chisme se van solidificando entre los espacios libres que dejan sus cuerpos. Risas, palabras, abrazos, besos, han perdido su esencia y realidad. Paso todo ese rato agobiado —náuseas, más náuseas— y con temor de que mamá comience a llenarse la boca de plátano, picadillo, pozol, tamal. ¡Tan bella como está toda de negro que hace resaltar lo rojizo de su cabellera! Imperial como nunca. Pero que no hable, que continúe sin tocar la esencia de lo cotidiano.

¿Qué? ¿Qué dicen? ¿Qué ella va a hacer un anuncio en público? Todos la miran. Papá está atónito. Esto es una pesadilla. Ella nunca habla así, en público. Entre esta gente-buitre-come-entrañas, ¿cómo se le ocurre quedar en ridículo? ¡Mamá, por Dios! ¿Por qué se tomó ese traguito, si usted no puede tomar, la atolondra el licor? Venga conmigo. No, yo quiero decir a todos mis amigos algo importante. Dejame, Abelardo, y decile a tu papá que no he tomado ni medio trago. Mamá, viejita, por lo que más quiera, cállese.

Se subió a un taburete y majestuosa, autoritaria, los hizo callar a todos. Tenía el más maravilloso gesto imperial. Si pudiera quedarse así para siempre y no dijera...

Amigos muy queridos, los que nos han acompañado durante estos veinticinco años de matrimonio, hoy quiero sincerarme con ustedes por primera vez. ¿Cómo celebrar hoy nuestros veinticinco años de matrimonio, nuestras bodas de plata, sin que comparta con ustedes *mi* felicidad? (¿Dijo *mi* felicidad, así, subrayando el *mi*? ¿Y la de papá? Esta borracha. No está acostumbrada al champán que se sube en un santiamén).

¿Saben ustedes lo que han sido estos veinticinco

años de mi vida al lado de un hombre egoísta, cruel, necio y lascivo? (¡Loca, está loca, borracha, el champán, qué cosas dice!) ¿Saben ustedes las noches de insomnio y los días de agotador trabajo que he vivido yo al lado suyo? (Sueño. Pesadilla. Esto no lo está diciendo ella, no sabe ni supo nunca expresar nada. Está borracha. Que la saquen de ahí) No, yo no voy a contar todas y cada de las lágrimas de estos veinticinco años. ¿Qué murmuran tanto ustedes ahí abajo? Sólo les voy a contar por qué estoy contenta y feliz hoy. ¿Porque celebro estos veinticinco años? Ya mi hijo Abelardo está crecido y no me necesita. Y mi marido... tampoco. Hoy lo que celebro es mi libertad. ¿Han visto un reo después de cumplir su condena y recuperar la libertad? Ese reo soy yo. (No puedo más, se me desploma la casa encima...) Hoy quiero anunciarles que me declaro libre del yugo del matrimonio, libre para disponer de mi tiempo como me dé la gana. Voy a darme el gusto de viajar por todo el mundo. No más esos viajecillos a las Playas del Coco, ni a Limón, ni a Puntarenas, donde él me llevaba luego de pasear con sus queridas por Acapulco, Capri y Biarritz. (¡Loca, loca, loca...!) Lo mejor de hoy, es poder romper para siempre un silencio de veinticinco años que estaba ya haciéndose gusanera. Bebamos, amigos, por la libertad que hoy es mi dicha y la de mi ex-marido también... (¡Papá, pobre papá, qué vergüenza!) Porque, ¿verdad, querido, que es un alivio que lo haya dicho yo y no vos? Así yo fui la del escándalo y vos quedás como siempre, muy bien ante todos. Como de costumbre. Brindemos contentos, sin rencores ni odios, contentos como los buenos amigos que hemos sido siempre.

La sensación de atmósfera irreal que me había perseguido desde la mañana, cobró tal fuerza que yo me creía víctima de los muchos martinis que me había tomado. Volví a tener la impresión extraña de que había distancias sagradas entre las cosas y yo; esas cosas materiales que antes palpaba sin apenas percibirlo, desaparecían ahora de mi vista, se resistían al tacto, resbalaban a la nada, desaparecían en una horrenda pesadilla.

Mamá estaba sobre el taburete, seguía hablando. Fue entonces cuando me di cuenta de que su bello traje negro tenía un escote muy provocativo. Su cuello, —nunca lo había pensado— es firme y fresco como el de Charito y todavía excita... No, ¡qué cosas se me ocurren, es mi madre! Ríe, ríe, ríe con lujuria con ese hombre canoso y atractivo; se miran hundiendo la mirada uno en otro y cuántas cosas, cuántas cosas que yo no puedo ni adivinar, se dicen los dos. Los martinis... estoy borracho. Ella, papá, veinticinco años, el aniversario, ese hombre: el Dr. Garcés, sí, es el Dr. Garcés, el que la atendió en su larga enfermedad. La salvó entonces de la muerte... ahora la salva de... penas del infierno... mala, es mala como todas las mujeres... Se hablan con los ojos... ¿Y papá? Los martinis tienen la culpa de todo, ni sé quién soy.

Ella no puede, —no debe— romper el rito monótono del picadillo, el tamal, la yuca... las penas del infierno... que siga tejiendo junto a la ventana. Yo le compraré toda la lana blanca para que cierre totalmente ese escote pecaminoso y para que no tenga tiempo de mirar así al doctor Garcés. Ella nació para eso.

Aun me queda un resto de vida para gozarla, un resto de vida sólo para mí. ¿Por qué no ahora que todavía es tiempo? Ya pasaron los tiempos de la esclavitud. (Las penas del infierno. Es mala. Mira al Dr. Garcés como Charito me mira cuando la carne está saturada de nosotros. Ella también, mi mamá, limpia, pura, tejedora incansable de inutilidades. El infierno. El infierno es esta tortura de hoy, no el río, ni los brazos de Charito y de Laura... Yo creía que...)

Todo fue más irreal cuando ella comenzó a sacar las prendas que llevaba tejidas, lana blanca, blanca, blanca, y las fue repartiendo entre los invitados. Sucedió lo imprevisto: todos se dejaron llevar de su embriaguez y se fueron vistiendo las prendas que les tocó hasta quedar locamente disfrazados de lana blanca, blanca, blanca. Crecieron de tamaño entre tanta lana, y todos al brillo de las luces, se fundieron en una masa blanca de múltiples brazos y piernas que chillaba en loca algarabía de libertad y lujuria.

Houston, mayo de 1974

PARABOLA DEL EDEN IMPOSIBLE

En charlas triviales con las amigas lo oyó por primera vez y al principio no pudo creerlo. En realidad era como si no lo hubiese escuchado porque lo que le dijeron no rozó nunca ni siquiera la epidermis de su espíritu. Pero después ellas, las amigas, lo repitieron de diferentes maneras y todas las que lo decían, llevaban una estrella profunda y azul en el ojo derecho. No fueron las palabras, no, fue la estrella la que de pronto agitó su espíritu adormecido por la rutina mecánica del quehacer doméstico, ese quehacer convertido por ella en un rito sagrado, red tejida con minuciosidad para envolverse a sí misma protectoramente contra todo lo demás, contra lo que no fuera su ahora, su limpia-casa, barre-suelos, cambia-pañales, lavaplatos, marido-en-la-cama, y final-de-día-vacío-rota-toda-por-dentro. Eran muchos años los que llevaba con la sensación de tener los resortes todos sueltos, como esos juguetes que ya no son juguetes porque se les han despegado tuercas, tornillos, cuerdas, piezas, pero siguen ahí, entre los otros juguetes que continúan el juego.

Cuando al fin lo escuchó con sus oídos internos y descubrió la estrella profunda y azul en el ojo derecho de las pocas iniciadas, ella comprendió por primera vez

que su planeta de cotidianidades era un infierno donde
había vivido en plena conformidad enterrada viva por
años, siglos, milenios, cumpliendo con el quehacer de
Sísifo. Quiso entonces salir, hizo un esfuerzo sobrehumano por romper la malla de cotidianidades de su
infierno, pero fue inútil, se sintió más prisionera que
nunca: se quedó quietecita, exhausta, espiándolo todo
desde su oscuridad-infierno-sin-estrella. Desde ahí escuchaba a las otras. Ellas sí eran mujeres completas que
podían morir sonriendo porque habían conocido el
paraíso. Ella en cambio moriría con una mueca de asco
y horror, comprimidamente pequeña dentro del infierno
ritual de su vida cotidiana.

Hacía mucho algunas mujeres habían dejado ya ese
paraíso, se les notaba en las arrugas de su tez y en el
cansancio flácido de sus pechos, pero el rescoldo de
estrella azul en el fondo del ojo delataba que un día
habían sido mujeres completas, no un perfil medio
diseñado como ella.

Adivinó que para llegar al paraíso soñado había de
atravesar una distancia infinita en nave de pétalos
nuevos de rosa. Comenzó a construir la nave minuciosa-
mente, cuidándose de la primera tabla, del primer clavo.
Escogió su tamaño, color, forma. Inútil: clavos, tablas,
rosas, eran sólo un montón negro y repugnante que
nunca formarían la nave-soñada-hacia-el-paraíso.

Las de la estrella en el ojo derecho siguieron
poblando sus ansias de plenitud-paraíso. Su resignación
entonces dejó de conformarse con el rito de Sísifo y
comenzó a salirse del tamaño diminuto y comprimido,
para vagar por las regiones del sueño: navegó por mares
de plata y oro hasta islas bucólicas donde las cascadas
hacían eco al eco del amor y los cuerpos desnudamente
puros se entregaban a placeres desconocidos para ella.

Entró en el círculo de los placeres y tuvo la premonición del éxtasis-paraíso, pero eran sueños y el alma despertaba agotada, deseando ese paraíso, anhelándolo más y más cada día.

Cuando al fin logró construir la nave de pétalos nuevos de rosa —¿fue también en sueños? —, en medio de las aguas se disolvió... sólo dejó círculos concéntricos y la angustia de tener que nadar a la orilla, la única que conocía, para salvarse... volver al rito de Sísifo, continuar vacía, incompleta.

Acudieron en su ayuda hombres, varios hombres sin cara, sin nombre. Al verlos, sabía que iban a diluirse antes de llegar a ella, como realmente se diluyeron... más bien se desmoronaron como las cosas viejas que no resisten ni el contacto del aire.

Por eso cuando apareció él, todo cara, cuerpo, carne, músculo y hueso, y le dio la mano en aquella fiesta aburrida de diálogos que ensanchaban las distancias entre las personas, ella supo que él sería el único que podría construir la nave, izar las velas rumbo al paraíso-plenitud, y llegar.

En verdad fue él quien la construyó y mientras crecía el volumen de la nave, a ella le crecía la impaciencia y alzaba los ojos al cielo en busca de la estrella azul que iba a quedarse prendida a sus pupilas. En todo su cuerpo de tierra árida, pedregosa y llena de espinas, comenzaron a agitarse inquietas las semillitas del placer anticipado. Un día olvidó, en medio de su rito cotidiano, el papel que tenía que representar para que la realidad de su hogar siguiera y siguiera como siempre. Otro día, al levantarse, ni se acordó que era la sacerdotisa de un rito necesario para que la máquina de la vida de su casa continuara. Y otro día, mucho después, ya ubicada de antemano en el futuro paraíso, no se acordó más de su infierno cotidiano. Fue entonces fácil izar las velas, la mano de él entre las de ella, temblando de gozo anticipado.

¡Espléndida visión de verdor nuevo, mundo recién estrenado! Ella entró triunfante, gallarda, como si acabara de salir de las manos prodigiosas del Hacedor, porque no traía memoria de nada, sólo un vago recuerdo, más bien casi un sueño de que eso antes había sido así, exactamente como ahora, pero tan borroso, tan perdido en los milenios de su ser, que sólo era sensación. Imprecisa, tenía forma de molde que ya iba a fijar el diseño.

Ella presintió la voz ubicua que decía no, pero ya estaba cansada de tanto no; su vida arrastraba una sarta de no-se-puede, no-se-hace, no-se-tiene, no-no-no-no... Por eso entró al Paraíso pensando sólo en la estrella azul. El, le regaló la flor del éxtasis; sobre el verde lujuriante del césped, entre caricias y besos y amor, él la preñó toda de luz de estrella azul. Ese primer día ella conoció el gozo supremo de mirar el sol, el césped, los pájaros, los riachuelos, los mangos, las orquídeas y el musgo como si acabara de descubrirlos. El segundo día, la maravilla siguió y ella tuvo entonces la certidumbre de que ya guardaba la estrella en las pupilas. A flor de piel, él llevaba derroche de placeres; ella era vaso abierto para recogerlos. Se sintió completa; por primera vez se sintió mujer.

Pero los días y las semanas y los meses y la primavera y el verano y el otoño y el invierno también se repitieron igual que antes, allá, al otro lado del Paraíso; las caricias, y las palabras y el amor y todo, todo, fue tomando la forma de lo cotidiano, de lo repetido, y otra vez, ella no sabe cuándo, ni cómo, ni dónde, se hundió de nuevo en el infierno de la costumbre... esta vez más doloroso. Comenzó a mirar con añoranza la orilla que una tarde abandonó llena de esperanzas...

Houston, 31 de diciembre de 1975.

EL   IMPOSTOR   (1)

A León, mi querido amigo y mentor.

Temo entrar en la región del sueño, porque en el sueño está él muerto, completamente muerto, y yo me acicalo de negro para ir a su funeral. Prefiero verlo en el contacto diario de la vida universitaria, asistir con él a reuniones de facultad, discutir problemas académicos, hablar de los cursos del próximo año.

Pedro Romero es conciso, material, de carne y hueso. Pero cuando de una manera u otra tocamos en nuestra conversación la zona de nuestras ambiciones, comienza a evaporarse como agua en ebullición.

En mis sueños, Pedro Romero es más interesante, más completo, hasta más palpable; no hay por qué temer que se evapore porque está muerto: entro en la cámara mortuoria y me sobresalto al ver su cara encuadrada por el ataúd de terciopelo gris. Realmente no es su propia cara, pero de manera extraña sigue siendo él, Pedro Romero. Lo examino cuidadosamente; es más bien el Conde de Regla, aquel lejanísimo pariente suyo de México, del que comenzamos a interesarnos

1.   Publicado en *El Urogallo* (Madrid), No. 35-36, 1975, pp. 54-58.

cuando descubrimos entre papeles amarillentos, un mandato suyo, casi ilegible, para fundar la Misión de Santa Cruz de San Saba. 1756. Durante mucho tiempo no supimos nada más de esa misión, hasta que una bisabuela nos mandó desde México algunos documentos olvidados en el fondo de un baúl arcaico: sacerdotes y civiles murieron en esa Misión, quién sabe si a manos de los apaches o de los comanches; el pliego aparecía roto en ese dato, se nos desmenuzaba al tocarlo.

Mientras leíamos los documentos, Pedro Romero se iba volatilizando de emoción. Era la primera vez que Pedro Romero se volatilizaba. Y en la noche, en la región de mi sueño, otra vez palpable y concreto... muerto con su cara de Conde de Regla rodeado de súbditos y de plañideras que salmodiaban a coro sus alabanzas: "Amo como vos no hubo nunca, nunca, nunca. ¡A cuántos tendisteis la mano! ¡A cuántos sustentásteis bajo vuestro cristianísimo techo! ¡Ay, qué manos para frutar en dádivas! "

Miro consternado a mi alrededor; cortinajes recamados de oro y plata, reclinatorios con terciopelo carmesí, un Cristo policromado a la cabecera del muerto, parpadeando entre cirios. Salgo al aire libre a ventilar mi angustia y mi vista tropieza con el alto muro medieval que cerca las tierras de Regla. Enormes posesiones, muro infinito que se pierde en los siglos; viene desde la añeja España, se ha hundido en el Atlántico y ha reaparecido allí como baluarte señorial de una casta ya desaparecida, ahora sólo fantasma soberbio y altanero en nuestro mundo real de hambres y raquitismos, de explotación de desvalidos, de crímenes por cuatro reales para sobrevivir, de empleados cesantes y gobiernos irresponsables.

Quiero salir del sueño. ¡Quiero salir del sueño! ,

mas la muralla está ahí, frente a mi ser retorcido de angustia. Dentro de la mansión, criados y plañideras hablan con un arcaísmo tan ajeno a mí, que soy yo el que me siento irreal. Poco a poco ellos se van haciendo más reales que yo, también las cosas que me rodean. En el teatrito al aire libre unos cómicos representan una mojiganga ridícula, aburrida. La algazara es grande. Yo les advierto que no hacen bien, que el Conde está muerto, pero ellos siguen, no me oyen, creo que ni se percatan de mi presencia. Corro entonces al estanque en busca de la Condesa, trato de explicarle, y ella ni me mira. Mientras hablo, espanta un cisne que se cruza en su camino, y ríe tras el abanico lo que va diciendo el Marqués de Aguasclaras.

Yo hago un esfuerzo sobrehumano para salir de mi pesadilla, trato de romper con todo lo que me mantiene dormido. Rompo y rompo redes invisibles de acero hasta que logro entrar en la realidad. El esfuerzo me ha hecho sudar y tengo el pijama pegado al cuerpo, desaliñado, hecho una angustia de trapo.

Al día siguiente, Pedro Romero está en su escritorio de Decano, muy digno, muy señorial, bajo el mismo viejo retrato al óleo que ha permanecido allí por años, cubierto de patina, desde que lo nombraron Decano. ¿Por qué no lo tiran, si ni la mano del personaje retratado se ve? Y él, que había que limpiarlo y restaurarlo porque era una joya. Esa mañana quedé petrificado en el umbral; desde el cuadro, limpio ya de patina, me miraba la misma cara de mis repetidos sueños:

—¿El Conde de Regla?

—¿Cómo lo reconociste si nunca has visto un retrato suyo?

¿Dijo "reconociste", o "reconocisteis"? Lo miré

directo a los ojos y comencé a comparar mentalmente sus facciones... no, no eran las del Conde de Regla. ¿Por qué diablos en mis sueños Pedro Romero era el muerto con esa cara postiza de macabro carnaval de púrpuras y terciopelos caros? Yo estaba equivocado, sus ojos eran idénticos a los del retrato, y el rictus de su sonrisa. Pedro Romero no sonreía antes así. Ni sus ojos eran así. Algo en él había cambiado.

—Lo han dejado de maravilla. ¿No lo crees?

—Parece vivo.

Más vivo, más concreto, más de carne y hueso que Pedro Romero, porque los ojos de mi amigo, antes tan vivaces, parecían pintados al óleo, y su sonrisa...

—Todo un caballero legendario, mi viejo pariente. ¿No lo crees? Fue uno de esos héroes-dioses que poblaron nuestro mundo. Increíbles. Eran increíbles. Daría mi vida por ser él y vivir lo que vivió.

—Está muerto y muy muerto. Ya acabaron esos tiempos.

—Es igual.

En el sueño de la noche, sigue siendo Pedro Romero, siempre Pedro Romero con la cara del Conde de Regla: está frente al bargueño de mil cajoncitos. Una fila de mendigos llena la sala donde reina un suspenso cargado de silencios y murmullos, maldiciones y bendiciones: al acercarse al bargueño, cada mendigo apunta al azar, con el índice, un cajoncito. Si la suerte es suya, le toca un puñado de monedas de oro. Si la suerte no está con él, se tiene que volver a su pobreza y su hambre, a doblarse a trabajar la tierra, o recorrer los pueblos limosneando de puerta en puerta.

—Es el juego de la suerte, amigos. Estáis ante los designios de Dios. Si os vais pobres, es voluntad de Dios. Yo pongo lo que puedo dar y vosotros... No desesperar, no, que a la Fortuna por algo la pintan dando vueltas.

Se divertía con el juego, con las caras de desaliento y los gritos de triunfo de sus pobres, los que él dadivosamente protegía a base de suerte. Después, indiferente, se iba a dictar para el rey de España una larga misiva invitándolo a pasar unos días de solaz en sus grandes posesiones de América. "Vos, dignísima Majestad, habéis de saber que mis riquezas son tales que me permiten ornar con ricos paños de plata el suelo todo que piséis desde el Puerto de Veracruz hasta mi humilde mansión, que es vuestra..."

Yo no sé qué es más aterrante, si la región del sueño, o la de la realidad. Cada mañana evito ver a Pedro Romero, pero él me busca insistentemente, "¿qué te pasa, hombre, que ya no vienes a verme? ¡Qué pálido y desmejorado! ¿Estás enfermo?"

No me atrevo a mirarlo a la cara porque sé que semana tras semana, un nuevo cambio se opera en él... se va pareciendo cada vez más al Conde de Regla.

— ¡Cómo has cambiado, viejo! Algo te pasa.

—¿Yo? ¿Que yo he cambiado, cuando tú, Pedro...?

—Claro, hombre, si me dejo ahora barba y bigote.

La barba y el bigote del cuadro es lo que te hace ser más él mismo, iba a decirle, pero me marché con el presentimiento de que algo horrible iba a pasar.

A partir de entonces comenzó a mirarme raro. Si no está loco, le falta poquísimo.

Hace una semana me llamó urgentemente a su oficina. Examinó con detenimiento mi cara, se mordió los labios (a mí me dio un vuelco el corazón, ya no había rasgo suyo que no fuera del otro). Comenzó entonces con que los alumnos míos habían presentado quejas contra mí porque en clase no hacía otra cosa que hablar del bendito Conde de Regla. Que ellos reconocían mi erudición en el tema, que no había detalle de su vida ni de su época, ajeno a mí, "pero tu curso, no se te olvide, es sobre cultura y civilización hispanoamericanas y no puedes quedarte todo el semestre en un solo asunto. Además, la aristocracia, extinta hace mucho en nuestro suelo, pertenece al museo y a la leyenda. Y los terratenientes, ¿qué son sino un equivocado sistema que nos ha perjudicado mucho? ¿Por qué te aferras a un pasado de errores? "

¡Yo, hablar del Conde de Regla en clase, si no sabía nada más que los datos revelados a él y a mí por aquellos documentos! Yo, discípulo de Mariátegui, ¿iba a perder mi tiempo en las mismas futilezas que absorbían a Pedro Romero?

Era él, Pedro Romero, el que no me dejaba en paz con su Conde por aquí, y su Conde por allá. Me miró ese día con insistencia, después observó el retrato a sus espaldas. Con gesto de maravilla, meneó la cabeza, " ¡Inaudito, inaudito! Es inaudito el parecido", y comenzó a volatilizarse de nuevo, como un gas oscuro.

¿Cómo puede estar de decano un loco rematado como éste? ¡Así va de bien la Universidad! Los estudiantes tienen razón de protestar, de hacer huelgas y manifestaciones. Mentalidad poco visionaria de colonizador noble español que repite el error de subestimar el capital humano...

Desde entonces me propuse no hablar más con Pedro Romero, pero él venía a verme después de clase. Se hacía el encontradizo en los recreos, me perseguía, me perseguía mañana, tarde y noche... en la noche, en la región del sueño-pesadilla, con la cara postiza y los títulos de Alcalde de Querétaro, Alférez Real, Alguacil Mayor del Rey, Caballero de Calatrava y primer Conde de Regla. Caminaba agobiado de títulos por el ámbito del sueño. Era además, el estúpido colonizador que sólo ve las ricas minas de América y desprecia la inagotable riqueza de sus campos. Con esa que Mariátegui llama sicología del buscador de oro, el Conde de Regla entrega su vida a las Minas en el Real del Monte... trece años empeñados en abrir un túnel sin fin que le cuesta una fortuna. Así se le va la plata. También en la construcción del Monte de Piedad de México, en mansiones suntuosas, y en aplacar por nueve años huelgas interminables de mineros. Esas huelgas fueron lo más difícil, y la penúltima noche de mi sueño, hacia 1775, toma la decisión de acabar con ellas. Su decisión es terminante, como todas las de Pedro Romero, que ayer mismo me destituyó: aumentar los sueldos de los mineros, sí, ¿qué otra cosa podía hacer? Pero cometió la torpeza de abolir el partido que por largas generaciones dividía las ganancias de las minas entre trabajadores y dueños. Sublevados los mineros, mi noche se hace una pesadilla de matanzas y persecusiones. Mi última visión es la del Conde escapando hacia Pachuca a buscar refugio en los Franciscanos.

Yo no quiero dormir más, le temo a la noche, al sueño claro y preciso, más concreto que mi propia vida, dentro del que me siento irreal, como volatilizado. Paseo como un jaguar en prisión por mi cuarto, fumando mil cigarrillos, tomando café para no cerrar más los ojos. "Trabajas mucho, hombre, se te nota cansado y ya no puedes con tantas clases. ¿Por qué no te tomas un descanso? Hemos conseguido un magnífico profesor suplente. Te haces ver de un médico inmediatamente porque no vas a seguir así. Es obvio que estás enfermo". Mientras me hablaba, Pedro Romero estaba más diluido que nunca, se confundía casi totalmente con la

pared de mi oficina, pero todavía en la borrosidad ⟨
su figura pude percibir su gesto de gran señor cua
do entregaba la plata para la construcción de un barc
de guerra en La Habana, el cual aumentaría la fl(
ta española: "Es un deber de todo buen súbdit
ayudar a combatir piratas y corsarios, amenaza ⟨
nuestro poderío... estás enfermo, debes descansar. Cuaı
do te recuperes, te incorporas de nuevo a tus funciⱦ
nes. Te lo exijo por el prestigio de nuestra Institı
ción..."

Después, su cara encuadrada por el terciopelo gr
del ataúd, los cirios, y el plañir lento de las viejas. Est
bien muertito en el sueño y yo me preparo a ir a s
entierro. Si, por supuesto, yo lo maté. ¿Quién iba a se
sino yo? Pero fue sólo un sueño, un sueño-pesadilla
largo, interminable, de muchos días. Era preciso acaba
con él, si no, él acabaría conmigo. Pedro Romero, coı
cara postiza de Conde de Regla, murió hoy. Todo
tenemos que morir. Tenía muchos enemigos entre lo
estudiantes, les quitó derechos, votos, representación eı
las reuniones de Facultad, cortó sus presupuestos, y yɛ
se sabe, la juventud lleva hoy la voz cantante. Entre lo:
profesores también... el de lingüística, lo detestaba. E
de literatura medieval, "si pudiera acabar con él, hoy
mismo lo haría papilla..." Yo también lo detestaba. Lc
odiaba. Pedro Romero siempre me quitó todo, y nuncɛ
me dejó ser yo mismo. Antes que él, por jerarquía y
antigüedad, yo merecía el decanato. Se casó con mi
dulce María Antonia. Y además yo fui el que soñó
primero que él, en la adolescencia, la impostura del
Conde de Regla. Sin embargo él fue quien llegó hasta el
extremo mimetismo de parecerse al Conde, de ser él y
vivir la vida del Conde en mis sueños, de vivir mi propia
y única vida en mis sueños. ¿Quién puede permitir tanto

abuso sin rebelarse? Había que cortar por lo sano. Su impostura estaba anulándome definitivamente. Lo maté —era necesario—, sólo en sueños. Era preciso matarlo o morir yo. Fue sólo en sueños...

Middlebury, 20 de julio, 1973.

BETO Y BETINA

Frente a la taza de café que se enfriaba en la mesilla de mármol, Betina era la verdad, su verdad, la más profunda, desgarradora verdad de su vida. Isabel había pasado treinta años buscando esa verdad a tientas en lo oscuro de su ser y hasta llegó a pensar muchas veces que en el insondable pozo del alma radicaba su más bello misterio, su más prístina pureza... Ahora, ante Betina, el pozo abría infinitamente su brocal hacia el abismo: esa verdad era todo lo que Isabel había condenado y rechazado, todos los noes de su vida. Al principio escuchó atentamente, con azoro y casi con asco: Ahora, Isabel, soy completa, soy total, soy la forma que al fin se redondea sin faltarle nada. ¿Recordás cuando comparábamos nuestro íntimo malestar ante la sensación de faltarnos algo, como un pedazo, y resultaba al final que las dos nos sentíamos igual? ¿Te acordás...

¡"Las dos"! , ¿cómo se atrevía Betina a incluirla en esa cifra tan definitiva? Tenía deseos de levantarse y echar a correr calle arriba, pero no podía ni moverse, porque no estaba viviendo en el presente, se había sumergido en el pasado y ya ni escuchaba el parloteo de Betina, sólo la veía mover los labios, como en las películas mudas; otras palabras lejanas, venidas de otros tiempos, ocupaban los labios de Betina, como si ésas fueran las que realmente estuviera pronunciando en aquellos momentos:

—En días de lluvia y frío, ¡qué bien se está en casita, aspirando el dulce olor a galletas que viene de la cocina! La Séptima Sinfonía de Beethoven, unos poemas, completarían el cuadro.

Isabel, que distraída hacía números, lo miró descuidadamente y ¿qué vio? No al hombre que todas las mañanas dejaba en su escritorio rimeros de papeles para revisar, mecanografiar, firmar. Ni siquiera divisó el lunarejo junto a las aletas de la nariz, ni los labios sensuales, ni su aire de suficiencia que aplastaba a los demás y a ella misma. Sólo vio un niño comiendo sabrosas galletas preparadas por la mano amorosa de la madre... y ese dulce olor a galletas de que se llenó mágicamente la oficina, era una deseada calidez de amor maternal. De pronto la madre de Beto Corrales se aposentó en la oficina y acalló el ruido precipitado y monótono de las máquinas de escribir y de calcular, y el crujido de los papeles y las conversaciones de si era un acierto de la Junta de Gobierno crear una Contraloría General de la República con plenos poderes, porque ya se sabe, ahora el señor Contralor que tenemos es la honestidad en persona, pero ¿quién nos asegura que después...? Isabel experimentaba fastidio ante las preocupaciones de todos por el después. Ella se sentía bien en ese ahora tibio y maternal, con olor a galletas recién horneadas, y el sabor que se derrite en la boca trayendo la tierna infancia segura y protegida por un ser único que calma dolores y enjuga lágrimas, y acaricia, y da amor. Se olvidó de que en su escritorio la esperaban los nuevos presupuestos de los bancos en los que se estaban haciendo extremados ajustes y recortes: ¡Cuántos van quedando sin trabajo y a cuántos se les ha reducido el sueldo! Claro que es una medida necesaria. Hay que sentar el precedente con este nuevo gobierno, porque si no, ¿para qué la Revolución? Siempre hablaban de sentar precedentes, y de que la ley aquí y la ley allá. Ella les decía que la ley es fría y no sabe del hambre y la miseria en que va a sumir a alguien... sólo de su aplicación estricta porque la ley la manejan los que están arriba, lujosamente acomodados en el mundo, o paseándose en un Ford último modelo con su rubia Clairol. Lo dijo con ardor y se puso a copiar los nuevos presupuestos con una extraña sensación de náuseas: a ella, que era toda compasión para esos desgraciados, a fin de tener asegurado el pan de cada día, no le quedaba más remedio que copiar aquellas sentencias... de muerte... porque se muere cuando se ha servido por años con la seguridad de que nadie podría desempeñar con tanta eficiencia ese cargo, cuando un día cambia el gobierno y llega una nota firmada por el Jefe que dice: "Mucho le agradecemos sus valiosísimos servicios durante estos últimos años, pero los imporantes cambios administrativos nos obligan anular la plaza que usted ocupa y..." Entre líneas, el pobre diablo lee que ya está viejo, que no sirve para nada, y que hay que dar oportunidad a los jóvenes con dinamismo, emprendedores... además, claro, él no es del Partido. Sentencias de muerte que pesan sobre todos los empleados de gobierno, que pesan sobre Isabel: ésta se pone inquieta, ya está al filo de los treinta y no se ha casado; piensa en Beto Corrales; no sabe si le tiene afecto maternal, o si está enamorada de él, pero hay algo en él, algo tan inasible... Se parece a su hermana Betina como una gota de agua a otra, ¿será más bien que le molesta eso? Sólo vio a Betina Corrales un domingo al anochecer, en la otra acera de la Avenida Central, ¿cómo, entonces, se atreve a asegurar que son idénticos los dos hermanos? No hay duda de que siente algo muy especial por él, lo quiere, muchas veces se identifica con él. Sobre todo lo cree superior a los demás que ella conoce. Superior al Jefe de Inspectores que ha vivido criticando a su propia esposa, que si ya está vieja, que se casaron muy jóvenes sin saber lo que hacían, que era una ignorante y claro, él un hombre tan preparado, ocupando ese puesto tan importante... Todo eso se lo decía a las empleaditas bisoñas y guapas para conquistarlas, después les dejaba en el escritorio una ardiente carta de amor y después... También Beto Corrales era superior al Oficial Mayor que tenía amores con su secretaria y le había puesto un lujoso apartamento en el Barrio Escalante. Y mejor que Juan José Rocha, el Contador con andares de odalisca y vocecita de soprano. Beto Corrales era un magnífico empleado: cumplido, puntual; trabajo perfecto, sin errores, detallado, minucioso. El entusiasmo lo empujaba por dentro como cauce secreto. Su entusiasmo era inspiración: hablaba de su quehacer como el artista habla de suyo; ponía en él lo que el artista pone en el suyo. Cuando iniciaba en las mañanas las tareas, era un sacerdote preparando una ceremonia trascendental; y al término del día, la clausuraba con la misma solemnidad ceremoniosa. Su eslogan era vivir cada día como si fuera el primero y el último de la existencia; realizar cada acto poniendo lo mejor de nosotros mismos, como algo único que ya nunca más fuéramos a repetir.

A veces Beto Corrales salía con cosas raras: ponía un ramo de flores sobre el escritorio, traía una jaula con canarios, llenaba los estantes con libros de poesía, porcelanas finas, pequeños torsos masculinos de alabastro, y guardaba en los cajones los tratados de economía, los presupuestos de la nación, las *Gacetas Oficiales* y los decretos del gobierno. En medio de una conversación salía con un ex-abrupto, como que el ser más solo y triste es Dios porque no tiene a nadie que responda de sus actos, y que me da lástima Dios en su soledad pues es imprescindible el apoyo de otros, no ser el único responsable de su destino... de ahí el papel primordial del padre y de la madre...

— ¡No seás maricón, Beto! , —observó Daniel, el Auxiliar de Contador—. Un hombrote como vos, ¿no te da vergüenza? Dejate de esas carajadas de que te da lástima Dios, porque Dios es muy macho, no como vos que andás todavía pegado a las faldas de tu mami o de tu hermana, ¡sepa Judas de cuál de las dos! Sos un pendejo, eso es lo que sos. Antes era a tu mamita, ahora es a Betina a la que tenés en la boca.

A pesar de su fornido aspecto varonil, ante Beto Corrales Isabel sólo pensaba en cosas frágiles, que hay que proteger con extremo cuidado, que hay que aislar casi del contacto del mundo. Beto Corrales le sugería siempre niñez desvalida, transparentes porcelanas, cáscaras de huevo, hilos de cristal... había además en él algo, una parte del cuerpo, que no calzaba bien con el resto... ¿qué era lo que no calzaba?

Al principio nunca habló de Betina y por eso Isabel se sorprendió mucho el día que la nombró; tuvo la impresión de que había sido muy difícil para él pronunciar por primera vez ante otros el nombre de su propia hermana: tartamudeó, se trabó y el nombre quedó largamente resonando en la frase, como suspendido con hebras fijas de su boca a los oídos de ella, B-B-B-B-Be-e-e-Bet-tititi-tiii-nnnaaa-na-na-na... Después siguió siendo difícil, pero cada vez menos y menos y menos, hasta que un día salió limpio, claro, definido formando parte del cuerpo del diálogo. Beto debía querer mucho a su hermana gemela, porque la voz se le ponía cálida, amorosa, cuando pronunciaba su nombre. Coincidió esto con la época en que cesó de hablar de su propia madre viuda y comenzó a expresar una rara añoranza por lograr la totalidad del ser; se sentía incompleto, como si desde siempre le hubiese faltado un pedazo irreparable. Entonces Isabel dijo lo mismo, y mientras lo repetía, comprobaba que así era, que había vivido incompleta y Beto y ella podían constituir juntos la forma redondeada, el círculo perfecto. Había comenzado a confesarse a sí misma que estaba enamorada de él, o quizás más bien empezaba a enamorarse. Pero él nunca la invitaba a pasear, ni al cine, ni al baile; sólo la miraba desde su escritorio meticulosamente ordenado, con aire de condescendencia, como si dijera, vos y yo somos iguales, Isabel... incompletos..., por eso hablo con vos y te cuento de Betina, mi hermana gemela.

Dos semanas después, Beto Corrales —cumplidor, puntural como pocos— no volvió más al trabajo. Ni siquiera mandó una palabra de excusa, ninguna explicación, nada. ¿Su teléfono? No dejó nunca su número, es que no tengo, y no me gusta que me llamen. ¿Y la dirección que figuraba en su expediente? Se desconoce el paradero del destinatario, decía el sobre de la carta devuelta por la Central de Correos. Fue cuando todos en la oficina se percataron de que Beto Corrales existía para ellos sólo dentro de la oficina y su única identidad conocida era la de empleado de gobierno —poquísima cosa a la merced de los vaivenes políticos—, cumplidor como pocos, excéntrico, eso era todo. Pasada la puerta de la Contraloría General, Beto Corrales desaparecía como si la ciudad se lo tragara del todo, o como si se diluyera en el aire del anochecer. Algunas veces habían visto de lejos a su hermana, pero nunca, nunca, a Beto Corrales. Un detective ya había comenzado a hacer pesquisas cuando... ¡sucedieron tantas cosas aquella mañana! Fue una mañana que se metió por el ventanal de la oficina con luz chillona, diluyendo los objetos en parches brillantes, desmenuzándolos en reflejos. A Isabel le molestaba ese alarde de luz, la hacía salirse del fondo íntimo de sí y confundirse con las cosas, como otra cosa de la oficina. Hacía calor. La blancura de los papeles dispersos en el escritorio difundía más la claridad y aumentaba la tensión de Isabel.

Todo había comenzado mal esa mañana. No acababa de entrar a la oficina a las siete, cuando llegó aquel hombrón barbudo, con aire de matasiete poltrón y orondo. Quizás por ese hombre ella olvidó bajar las persianas. La voz grave y exigente que traía de la calle, apagó todos los ruidos de la oficina, se colocó imperiosa en el centro del mundo como si fuera la fuente de todas las voces, de todos los me-prometieron-un-puesto-en-el-gobierno para que peleara en la Revolución y ustedes ya han empleado a muchos pendejos, pero a mí todavía no... yo, yo que llevo estas cicatrices, ¿las ven? : tres balazos, ¿para qué? ... para seguir de comemierda barriendo las calles de la ciudad... uno lucha en la Revolución para mejorar...

Isabel sentía la luz como algo entero que estaba ahí en la oficina para iluminar las aristas más aceradas de la verdad: la lucha por un ideal es también lucha por la vida, por la fama, por el poder, por todo, y el egoísmo siempre matiza los actos más heroicos del hombre. Lo grande y sublime es en el fondo mínimo y mezquino como todo héroe de Revolución, y como Betina Corrales que entró cuando aun persistía en el ambiente el olor a orines y sudadero del hombrón. Isabel vio a Betina negra en el derroche de luz y en el malestar de su ser. Cerca ya de su escritorio, la divisó clara, bella, la viva imagen de Beto Corrales, pero más atractiva, con ojos muy jóvenes que miraban con la misma luz de la mañana. Isabel tuvo vértigo al verse en esa mirada que era risa pueril y limpia. Y las manos, ¡qué puras y místicas! , parecían prontas a alzarse para bendecirla. Una parte de su cuerpo no encajaba en ella como en su hermano. Cuando comenzó a hablar, el aire se llenó de algo caduco, hacia la muerte, la nada, el nunca, soy Betina, Betina Corrales, la hermana... Isabel empezó a temblar ante el misterio que en esos momentos se le estaba develando; la luz de la oficina se le hizo más insoportable; era tanta la luz, que de pronto reinó la oscuridad total. Todas las células de su cuerpo iban a estallar de un momento a otro y ella se iba a desintegrar hacia la luz, se estaba desintegrando, cuando de pronto volvió el aroma a galletas recién horneadas, pero un aroma repugnante, empalagoso, daba náuseas.

Y cuando Isabel no había ordenado aun el caos de su espíritu, Betina Corrales le dijo con voluptuosidad muy femenina, salgamos a hablar en privado, es urgente. Tomaremos juntas un café, total es tu hora de descanso.

Isabel se fijó de nuevo en las manos de Betina y entonces se percató de pronto que así de perfectas, de pausadas, elegantes, rítmicas, eran las manos de Beto... y que eso era lo que no calzaba bien en su cuerpo de fornido aspecto varonil. Frente a la taza de café que se enfriaba en la mesilla de mármol, Betina Corrales sonríe, ha comprendido su asombro, sí son las manos de Beto, las mismitas, y mirame la cara, fíjate bien, así, muy fijamente, ¿qué ves?

Todas las líneas de la cara (¿cómo no las iba a

conocer bien Isabel que había soñado miles de veces que las acariciaba?), iguales, idénticas, hasta el pequeño lunarejo junto a las aletas de la nariz, y el corte inclinado en la ceja derecha... pero... ¿Beto no le había dicho que eso fue de un accidente? ¿Cómo podía entónces tener su hermana la misma...?

—Soy yo, sí, Isabel, soy Beto Corrales en persona.

—No se burle de mí —soltó Isabel con la esperanza de que todo fuera sólo una broma—. Esos cabellos castaños largos...

—Una peluca...

—¿Y ese atuendo de mujer...?

—La metamorfosis se efectuó paulatinamente, Isabel, desde que era niño y jugaba con las muñecas. Cuando grande, yo sólo era feliz los fines de semana, cuando podía ser yo misma y dejar en el ropero los pantalones y las camisas de cuello engomado y las corbatas. Sábado y domingo, me sentía realizada, completa, total, para comenzar a morir de nuevo el lunes dentro de los pantalones y el saco. Vos no comprendés ahora, ni ellos en la oficina comprenderían nunca, por eso desaparecí sin decir nada. Me voy al extranjero, donde nadie me conoce, a realizar mi paraíso que fui preparando, construyendo, año tras año. pedazo a pedazo. Ahora soy completa, soy total, soy Albertina, la forma que al fin se redondeó sin faltarle nada. ¿Recordás cuando comparábamos nuestro íntimo malestar ante la sensación de faltarnos algo, y resultaba que al final las dos nos sentíamos igual? ¿Te acordás...?

Houston, 15 de diciembre de 1975.

EL MONSTRUO DE LAS COSAS

Libros, cuadros, mesas, sillas, estanterías, adornos, alfombras, matas, cuchillos, televisores, platos, tazas, radios, ruidos, lavadoras, risas, golpes, aspiradoras, chillidos, silbatos... No hay ya espacio en esta casa atiborrada hasta el último rincón de cacharros y bullicio. Ya no sé ni dónde descansar mi cuerpo ni reposar mi espíritu, estrujados por el monstruo de las cosas. Antes salía al jardín a gozar del espacio azul del cielo y el pedazo claro de aire. Pero ya ni eso, no veo espacios azules, ni aire claro, ni distingo el rojofuego de la llama-del-bosque, ni el azulvioleta del jacarandá, ni tampoco la silueta humeante del Irazú, mi paraíso perdido... Hoy, todo ocupado, invadido, borrado, y yo con deseos de echar a correr hacia atrás, hacia el comienzo de todo, para no quedar entre esas cosas aplastada como un insecto entre las páginas de un libro. Pero correr hacia atrás, hacia el comienzo de todo, es hundirme en el vientre de la tierra de donde todo surgió, es volver a la oscuridad del vientre materno. Me asfixio entre las cosas, doy manotazos y pego un grito más poderoso que mi propia voz, tanto que yo misma me asusto: ¿será el monstruo de las cosas que protesta más bien de mi presencia y la de los otros? El grito —¿mío?, ¿del monstruo aullante de las cosas? — que me hace estremecer, deja a los demás indiferentes, impávidos, mirando el televisor, haciendo la tarea, oyendo la radio, contando el dinero, removiendo el picadillo de plátano, comiendo. ¿No lo oyeron? Ellos siguen en su quehacer, como si nada... Mi grito, mi grito agudo que lo quería romper todo —¿no sería más bien el grito de las cosas que me quería romper a mí? — ¿no lo oyen? Tengo hambre, mamá. Comprame zapatos y un traje nuevo para el baile, mamá. Llevame al cine, mamá. Gastás mucho, mujer. ¿Qué pagaste con este cheque, mujer? El dinero se evapora en tus manos despilfarradoras, mujer. Mamá, un cuento, vos sí sabés contarlos. Vos estás aquí, mujer, pero no vivís aquí con nosotros, ¿qué te pasa?

Cierro los ojos para ver más allá de todas las cosas de ellos, monstruos que me asedian, Erinias de mi diario vivir. Quiero ver más allá de las cosas, por lo menos el espacio oscuro de mi interior: se está bien acurrucada aquí, dentro de mí misma, protegida sólo por mí. Nadie, nadie se preocupa de los demás, la ley humana es vivir cada uno para sí y por sí, se oye afuera; es la voz de él, hiriéndome más y más, tratando de vulnerar hasta mi oscuro interior. Esa voz está afuera, pertenece a ese afuera del monstruo de las cosas, y yo me siento aquí, en mi interior-vientre, como si flotara con los músculos sueltos en una agua muy amplia, sin fin, y en vez de asfixiarme, hallo de pronto el espacio extenso, aireado, donde guardarme a mí misma. No es ésta como la primera agua cálida y espesa que me abrigaba con un abrazo de ala protectora de la que no quería salir nunca, pero me sacaron y entonces hubo las cosas, las voces, los gritos, los ruidos, y ese sentirse perdida entre tanta chatarra. Fue inútil ese primer esfuerzo por sacarme a convivir con el monstruo aullante de las cosas, porque

pronto me volvía a mi profundidad silenciosa, amplia-
mente infinita, sola, con frialdad metálica. En la primera
agua, yo era la mano dentro del guante, dándole forma,
abrigada por él; ahora soy el guante vuelto del revés, sin
los dedos de fuera, muñón de guante, pero con espacio
para mí, sin sonidos que significan juntos masacre en
Viet Nam, o Revolución Chilena con tantos muertos, o
asesinato de Camilo Torres, o suicidio en protesta contra
injusticia cometidas... Ni mamá, me pegó Chacho, ni
mamá, te odio porque vos me castigaste sin televisión, ni
mujer, dejá de protestar, ni mamá, tengo hambre.

A través del cristal de mi ojo, desde dentro de mí
misma, trato de mirarlos a ellos concentrados en su
quehacer diario y de pronto me percato de que ellos
ya no me ven, ni me sienten. ¿Me oirán? No oyeron mi
grito tremendo —¿y si hubiese sido el grito de las
cosas? — que lo hizo retemblar todo. Ellos no responden,
ni dan muestras de inmutarse. Grito, —¿soy yo?, ¿no
serán las cosas? — hago gestos, me acerco a ellos, pero
Juanita sigue con su solitario; Chacho, con la tarea;
Lina, con sus cromos brillantes...

Decido entonces no salirme de mí misma, quedarme dentro de mí, hundida en mi agua amplia, suelta de
músculos, como un alga que no ve, ni oye, ni siente...
pero deseo llorar y metida en mi espacio interior amplio,
corro a esconder mi espacio en mi cuarto, pero descubro
que éste es otra oscuridad amplia y solitaria dentro de la
casa; y la casa es otra oscuridad profunda y tremenda,
amenazada de cosas, en la geografía del país; y el
país... pleito, guerra, complot, cataclismo...

Sepultada dentro de mí misma, ha llegado el
momento de la verdad, no queda ya ni rastro de mí, sólo
estas palabras y la extensa oscuridad del monstruo de las
cosas que me despojó de mi espacio físico... Sólo esta

oscuridad entre cuatro paredes con una rendija hacia afuera por la que asoman a veces los ojos malevos del monstruo de las cosas. ¿El principio? ¿El final?

Houston, 10 de noviembre de 1975.

EL JUEGO DE LOS GRANDES

Yo me río de la lluvia
porque a mí, ¡plin, plin, plin!
la lluvia me hace crecer
y con el agua reir.

Yo me río de la guerra
porque a mí las balas, ¡plin!
me abren rosas en el pecho
que no me dejan morir.

Así cantaba nuestra inocencia aquella tarde de julio cuando el mar, el sol, las gaviotas y las playas de oro quedaron arrinconados en el montón de los deseos, ese montón que crecía y crecía como el montón de los despojos en el baldío donde jugábamos cuando no había tiroteos.

El juego de siempre: la guerra con guijarros, con pelotas de papel mascado, con barro, con basuras. A veces no se podía jugar afuera y había que encerrar la guerra entre paredes para protegernos de la otra Guerra, la de los grandes. La bodega de don Luis Soberano fue un campo de batalla reducido donde la muerte se levantaba a cada rato del suelo, para volver a disparar tras la trinchera de sacos de cereal y volver a caer exánime. Había que inventar todos los días muertes nuevas para no aburrirse, como ellos, los grandes, que comenzaron poniendo inocentes banderas, después aterraron el pueblo con rifles, metrallas, quemas de iglesias y conventos, decomiso y profanación, primero de imágenes, después de todo, todo, hasta que inventaron el coche-fantasma, el Buick rojo de la muerte que siempre llevaba a sus víctimas al paredón de fusilamiento. De febrero a julio, ellos, los grandes, de un partido o del otro, de derechas o de izquierdas, tenían ya un total de cuatrocientas treinta muertes políticas. Nosotros en la bodega debíamos darnos prisa para no quedar atrás; los tapones de corcho que guardaba en grandes cajas don Luis Soberano, eran nuestra última invención del juego; no habíamos llegado aun a las quemas, al saqueo ni a la masacre del enemigo; ni siquiera se nos había ocurrido golpear, apuñalear, acribillar a tiros a ningún líder político y dejarlo tirado en la calle como ellos, los grandes.

Hacía mucho, muchísimo que habíamos dejado de ser "los buenos" y "los malos", porque ninguno quería ser malo. Formamos entonces el bando de "Militares" y "Obreros".

—Marsistas es mejor. Oí a papá llamarlos así. Obreros, ¡puf!, ¡qué van a saber pelear o ser héroes si sólo clavan tablas, pintan casas, arreglan máquinas! Yo quiero ser Marsista, pero obrero no.

—Marsista es muy bonito, viene de Marte, Dios de la guerra.

—¡Bah!, se dice Marxista, con exis, por los hermanos Marx...

Así, contra los "Militares", los "Marxistas" que sólo por lo sugestivo del nombre, inspirados, realizaron prodigiosas hazañas dignas de detallarse.

Ese mundo continuo de muerte simulada, un día de agosto quedó interrumpido por las primas de Roberto Soberano, Rosa, la mayor, y Clarita. Con sus padres y el hermano Paquito de dos años, llegaron huyendo de la guerra que había asolado su pueblo. Aquellas dos chiquillas trajeron la consternación a nuestro grupo: ni yo, ni Roberto, ni ningún otro, había jugado nunca con mujeres. Al principio, el desprecio a la inferioridad femenina. ¡Imbéciles, cuidando que sus faldas no enseñen "aquello", no saben ni caer muertas en la guerra! Y para disparar tras las trincheras de sacos, primero las atraviesa una bala de corcho antes no se hayan acomodado bien para que no se les vean los calzones. Y en medio de la balacera de corchos, de pronto Clarita se tiraba al campo de batalla a proteger con ternura maternal a Paquito, el hermanillo que chillaba asustado del barullo. Con tanto melindre, la guerra no podía seguir como antes. Las mujeres lo habían estropeado todo, justo cuando los "Marsistas" habían comenzado a planear la quema de sacos de cereal y los "Militares" se preparaban para el ataque con granadas de barro.

Fue cuando Roberto tomó de la mano a Rosa y le preguntó si quería casarse con él. Ella, ruborizada, asintió con la cabeza. Yo me senté con Clarita sobre la trinchera de sacos que se había convertido en un paseo de acacias, la miré profundamente a los ojos, pero mis labios no pudieron decir nada. Clarita comprendió. Jorge, Juan, Guillermo, Jaime, los demás jugaban al fútbol mientras las dos parejas se casaban y tenían hijos y eran felices, muy felices.

Yo me río de la lluvia
porque a mí ¡plin, plin, plin!
la lluvia me hace crecer
y con el agua reir.

Yo me río de la guerra
porque a mí las balas, ¡plin!
me abren rosas en el pecho
que no me dejan morir.

Así cantaba nuestra inocencia la tarde aquella en
que la lluvia había encerrado nuestro juego de la vida
dentro de la bodega, mientras los mayores seguían el
suyo afuera, y el coche-fantasma paseaba su terror rojo
por las calles del pueblo rumbo al paredón de fusilamiento. Entonces sentí envidia de Roberto porque
echado sobre los sacos, aislado de los demás por la
bóveda de lluvia, jugaba con Rosa al matrimonio. Si yo
hubiera podido hacer lo mismo con Clarita, el paraíso se
habría repetido esa tarde a pesar de la guerra: me habría
gustado entrar con Clarita en la misma zona de
abandono y olvido, estremecidos los dos por un no sé
qué de luminoso como lo de Roberto y Rosa. Pero entre
Clara y yo había una distancia de silencios inalienables,
de manos tímidas que en los bolsillos se aferraban con
desesperación a las canicas, a la honda, al tapón de
corcho, al pañuelo. Había la infinita distancia de un
cuerpo agarrotado cerrando posibilidades para callar el
grito de los sentidos que comenzaban a despertar a flor
de piel.

En casa de los Soberano los sábados eran hacendo-
sos y olían a jabón, a lejía, a agua limpia. Las ropas
recién lavadas encandilaban de blancura y todo en la
casa, removido, cepillado, barrido, pulido, desempolva-

do, parecía recién venido al mundo. Cada sábado en aquella casa, el comienzo del mundo. Esa labor de las mujeres era para mí lo opuesto a la destructiva, demoledora labor de desechos, escombros y cadáveres de los hombres. Ellas, las mujeres, traían al mundo la vida; ellos, los hombres, la exterminaban. Sin embargo, Dios que creó la vida, dicen que es hombre...

A pesar de la guerra y del coche-fantasma, el baño colectivo de los sábados arrancaba a los chiquillos las costras de una semana, dejándolos lustrosos. Mágicamente comenzaban a brillar al sol y hasta el día se iba poniendo claro de agua y jabón. Era toda una ceremonia de purificación que comenzaba a las ocho de la mañana cuando se ponían las tinas repletas de agua a calentarse al sol. Al mediodía los chiquillos hundían su mugre de una semana en el sol tibio guardado desde la mañana en el agua de las tinas. Primero los hombrecitos. Después, las niñas.

Por mi espinazo corría un cosquilleo delicioso que a veces se ubicaba en la ingle mientras espiaba con los otros tras visillos y rendijas la desnudez de las niñas que iban a tomar el baño. Estábamos tan embebidos mirándolas, que no oímos llegar a la tía Gloria, la bruja de los cuentos que rompió con un grito el encantamiento del grupo y lo dispersó con mil maldiciones, ¡brutos, más que brutos! , ¡pervertidos! Pecado tan negro hay que confesarlo. El infierno los va a tragar ahora mimo. ¡Pervertidos! ¡A otra parte con esas maldades, mosquitasmuertas! ¡Pervertidos, brutos, malditos!

No me dejaron volver a casa de los Soberano por varios días, ni hablar con las niñas, menos aun con Clarita. Fue un verdadero castigo quedarme en casa oyendo el taconear inquieto y acompasado de mi padre de un lado a otro de la sala, como un angustioso péndulo humano; y las noticias de los miles de muertos —muchos mártires de la venganza personal— en ambos bandos; y la radio comentando que mientras nosotros moríamos de hambre en nuestra región, a los Rebeldes, dueños de las mejores tierras de cultivo, no les faltaba el trigo ni las verduras. Con la guerra, yo vi el hambre y el cortejo de enfermedades que enumeraba el comentarista: la tuberculosis, la pelagra, el escorbuto, que iban inmolando vidas, unas culpables, otras inocentes. Acodado en la mesa del comedor me atreví a preguntar:

—¿Dicen que falta el grano y mueren de hambre... morimos de hambre? ¿Y los sacos de la bodega de don Luis Soberano, no son de cereal? ... Montañas de sacos de ce...

Mi padre me dio una cachetada, había que callar, en esos días había que aprender a callarlo todo, porque a lo mejor la vida de don Luis Soberano dependía de esos sacos de ce... Mejor ni mencionarlos.

La inocencia de mis amigos cantaba afuera, en la calle, porque ese día no había tiroteos: Yo me río de la lluvia... Yo me río de la guerra...

Lo peor de todo no fue eso. Lo peor pasó en la noche, cuando fui a orinar y se me cayó el pene al excusado. Al intentar recogerlo para pegármelo antes de que fuera tarde, comenzó a girar en la taza haciendo gluglú, y con todos los excrementos fue engullido del todo... glu, glu, glu... Puse mis dos manos, una sobre otra, en la parte sagrada, y cuando mi padre me preguntó por qué tenía vergüenza, le contesté que le había desobedecido y había probado la fruta del árbol prohibido.

Enero de 1974

OID, ADAN ES SAL

La profunda religiosidad de mi madre viuda (comunión diaria, viacrusis, padrenuestroquestásenloscielos, santosantosantodiosinmortal...) nos impedía abrirnos y mostrar en el hondón de nuestro ser cómo Nietzsche había triturado, pulverizado, aniquilado a Dios. Ingenua y bellamente, mi madre nos había regalado a Dios en los años niños que suben confiados a la última rama del árbol; y se tiran de cabeza en la primera poza del río sin reparar en torbellinos ni vorágines; y se saltan una cerca-amenaza-de-púas en un salto vértigo de quién lo hace mejor y sale con menos rasguños; y ven el rostro almo del creador en la nube del atardecer; y saben que Dios, la palma de la mano tendida, los va a recoger.

Vivíamos entonces a Nietzsche con tal intensidad, que buscamos todas las formas posibles para que la muerte de Dios no fuera sólo una filosofía apergaminada en los libros, sino algo palpable en nuestra vida cotidiana. Primero castigamos sin tosteles ni chocolates al que nombrara siquiera a Dios. En nuestra ignorancia de entonces medio adivinamos que lo que no denominan las palabras, no existe. Después descubrimos que el lenguaje es la más valiosa posesión del ser humano, porque es libertad: podrá no haber libertad de expresión como en nuestro caso, — ¡no digás herejías, Belita, Dios te va a castigar! Ricardo, ¡qué horrores decís, es una blasfemia! —, pero siempre el lenguaje será libertad. ¿No me explico bien, verdad? Bueno, no importa, porque no es el lenguaje el motivo de lo que estoy contando, sino Dog: pequeño, inquieto, blanco, de una blancura luminosa, lo trajo un día mi madre de la perrera pública, porque cuando crezca, nos cuidará la casa; con tanto ladrón y asesino suelto, hay que andarse con cuidado.

Lo vimos, y pensamos los dos instantáneamente, como si hubiera vasos comunicantes entre nuestros cerebros, que ya para nosotros era lo mismo decir perro que Dios. Pero claro, eso había que ocultarlo y que se expresara sólo en anagramas hábiles. ADAN, el primero que descubrimos, suscitaba el enfado de mi madre: parecen tontos con su ADANADANADANADA... ¿Y quién es ese bendito Adán? , porque ustedes no tienen ninguna afición a la Biblia, ni siquiera a la lectura...

Ella no sospechaba que era en el desván, entre cachivaches empolvados, donde las páginas de los libros epetían el eterno retorno, en una visión deslumbrantemente infinita, y después nos traían revelación del superhombre, y después, el entierro gigante de Dios, y después Sartre subió al desván y la nada lo arrasó todo dejando desmantelados nuestros quince años... vacíos, diluidos en una oscuridad espesa y angustiosa... la NADA... ADAN... NADA... ADAN...

Y ella, —rosario y comunión—, pero ahora qué es eso de OID, ADAN ES SAL? ¡Qué estupideces llevan en el magín, hijos míos! Si rezaran un poco más, no perdería el tiempo en esas majaderías. Se van a condenar y el infierno, ya saben, es eterno.

Le respondíamos con una risa en gorgoritos retozones y palabras entrecortadas: OID... ADAN... DIOS...

ES... LA... NADA... ES... SAL...

Nuevamente me desvío de lo que quiero contarles, porque es muy interesante, ya lo verán.

Descubrir el anagrama inglés de DOG nos dio un placer que duró varios días. Y al perro debía gustarle también su nombre ubicuo, pues cuando lo llamábamos agitaba el blanco parabrisas plumoso de su cola. Estar con Dog, jugar con él, era recuperar un pedazo de algo, de realidad, de nosotros mismos... era mantenernos a flote unos instantes y salvarnos de la asfixia de la nada en que pasábamos inmersos el día entero. ¿Ustedes nunca han vivido el horror de la nada? Nos abrazábamos a Dog como náufragos desesperados y él, como si comprendiera su papel de salvador, se nos entregaba en un abandono total. Patas arriba en el suelo, revolcándose, jugueteaba con nosotros. Gozaba además de nuestras caricias, pero un día, al pasarle la mano por el lomo, dio un aullido largo, desgarrador, y los ojos se le llenaron de lágrimas. Dog, mi Dog, ¿qué tenés? ¿Te duelen las costillas?

Dog se levantó, sacudió el pelaje con gesto de quitarse algo pesado y molesto y se fue a roer su hueso bajo el roble-de-sabana. Desde ahí nos miraba arisco y rencoroso. Una flor cayó del roble y quedó prendida en su espinazo como una silenciosa campana rosada. En ese momento nosotros dos nos sentimos identificados con Dog, de un blanco purísimo, hermoso en su rencor perruno, y coronado con una silenciosa campana rosada.

Por entonces, ya todo había sido engullido por la nada, sólo nos quedaba Dog... había que repetir su nombre ubicuo para que se afirmara más y más en nuestro ser... Dog   DOGDOGDOGGODGODGOD... ¡Pifia, pifia!, lo has dicho, ¡lo dijiste! Tu pedazo de tarta hoy es mío.

En varias ocasiones, al pasarle las manos por el lomo, Dog aulló, cada vez con un aullido más desgarrador.

—Por tu condición divina, no debés gemir así, Dog.

Fueron tales sus alaridos, que decidimos un día no explorar las regiones turbias de la metafísica y aniquilar un rato a la nada con la fútil tarea de explorar en el espeso pelaje de Dog: una garrapata, menuda como un frijol, negra como un frijol, rellenita como un frijol, estaba tan incrustada en su piel, que tardamos una eternidad para arrancarla. Tuvimos la impresión de que le habíamos quitado un pedazo de él mismo, porque al destriparla con el pie. saltó un chorro oscuro de su propia sangre. Entonces comenzó a perseguirnos la culpa... ¿de qué? DOGDOGDOGGODGOD... ¡pifia!

Otro día, tiempo después, nuevos alaridos, nuevo dolor al pasarle la mano, y entre el pelaje blanco, otra negra garrapata tan grande como una bellota. Costó un mundo arrancarla de su habitat perruno del que parecía inseparable. Después de nuestro heroico acto, quedamos desmoralizados: aquella sangre negra que brotó en aluvión al pisarla, era la sangre de Dog, era como si lo estuviéramos matando. Nos estremecimos de miedo, de asco, de culpa. Dejarlo desangrar así, en garrapatas que lo iban aniquilando, era lo mismo que dejarnos desangrar nosotros mismos. DOGDOGGODGODGODOG, ¡pifia, pifia!

Después, lo mismo, pero la garrapata estaba tan grande que entre el pelaje era un higo maduro ornado de patitas. Fue cuando con los aullidos desgarradores de Dog el terror-pánico se apoderó de nosotros, y la culpa, y el deseo de no volver a decir más ADANADAGO DOG, ni de pensarlo siquiera, porque el higo-garrapata, ahora lo sabíamos, era otro pedazo enorme de Dog que aniquilábamos con el zapato extrayéndole un chorro negro de su propia sangre... y Dog —para nuestro horror— disminuía, sí, disminuía, ni dudarlo que disminuía, se iba reduciendo poco a poco con los pedazos-garrapatas que le arrancábamos. Comprendimos entonces agonizando de angustia, que lo que había comenzado en un juego de palabras era un acto criminal que en rito cotidiano perpetrábamos en Dios —¡pifia, pifia! —, pero éramos nosotros, sólo nosotros, los sacerdotes de ese sacrificio y lo teníamos todo bajo nuestro control... todo menos la nada... la garrapata era lo inquietante, estaba ahí, la tocábamos, la arrancábamos una y otra vez, y volvía más grande, más negra, más hinchada de su sangre. DOG, DOG, DOG, sólo me quedás vos. Cuando te acabe de devorar la garrapata, sólo la nada... Adán... y en el fondo, la voz de mi madre con su retornelo de herejes, más que herejes y ateos, se van a condenar y el infierno es eterno.

¡El infierno! , el que vivo desde aquella mañana... quisiera pensar que fue una pesadilla, porque esas cosas, bueno, sólo en sueños, o en la locura se conciben, pero lo juro, lo juro... ¿y por quién o por qué voy a jurar si no me queda ni Dios, ni Dog, ni nada? ... Sólo me queda el espanto de aquella mañana, de aquella garrapata —¿sería de veras una garrapata? — gigantesca, tan grande como Dog, que luminosamente negra ocupaba la perrera de Dog y me miraba arisca y rencorosa.

Houston, 10 de octubre de 1975.

BAJO PENA DE MUERTE

Cuando la señora Valle abrió la puerta de su casa, Pablo no tuvo ya ninguna duda de que su mundo había terminado. Siempre le abría su madre o su abuela, pero esta vez el ritual se rompió: su vecina abrió la puerta y para Pablo se cerró la noche en el vientre de su casa. Negras voces plañideras que venían en oleadas del comedor lo envolvieron en el vestíbulo y lo desgarraron todo por dentro. Este debía ser castigo de Dios que comenzaba ahí, en aquel momento. ¿Qué crimen has cometido, Pablo? Mírate en el espejo de tu conciencia y responde, Pablo, qué crimen has cometido? Pablo se miró consternado los pantalones cortos y las canillas churretosas: He jugado a matar, he jugado a indios y vaqueros, a guerras y guerrillas, a revoluciones feroces, a carnicerías humanas. He jugado al amor, y mi carne se ha estremecido de placer incontables veces. Me he tocado los genitales con gozo infinito...

Vestidas de negro riguroso desde la cabeza hasta la punta de los pies, gemían las vecinas alrededor de su madre. Esta, sentada en la mecedora, muda, como esculpida en piedra, tenía los ojos enrojecidos de llanto. ¿El cabello blanco? Pablo advirtió de pronto lo vieja que se había puesto: el tiempo se había detenido para él ese día; para ella había pasado raudo, alargado en una veintena de años, porque al sol de esa misma mañana él había besado aun los destellos negros de su última juventud. Sin palabras ni nada, el niño comprendió, lo había presentido toda la tarde. Se echó en sus brazos llorando y después ocultó la cabeza en su regazo. ¡Qué bien le hacía sollozar en ese regazo cálido!   ¡Si no tuviera que levantarse más y pudiera quedarse para siempre sumergido en ese regazo ahuecado y tibio! ... era volver a la matriz que lo protegía del mundo, de la vida, de la muerte, lo hundía en el olvido total... era sentirse a sí mismo oscuridad y silencio en el corazón palpitante de la semilla.

Hundido en aquel calor amoroso, dolía menos oir una, dos, miles de veces, a la abuela contar gemibunda a cada vecina que entraba, que no era la política, no; la envidia, el odio, la maldad, fusilan ahora a nuestros hombres, a mi hijo... Pero no se sabe todavía si lo han fusilado, doña Jacinta. ¿Qué no? ¿Y por qué entonces cuando vinieron a buscarlo y Pepe dijo que iba a ponerse el saco para abrigarse, le contestaron: ni lo traiga, porque no lo va a necesitar?

Pablo se sentía flotar en un líquido viscoso que ponía distancias entre los otros y él; abría la boca para hablar y boqueaba como un pez contra el cristal de su acuario. Por eso no sabía si fue él mismo quien preguntó por qué sólo mujeres, ¿por qué no vienen don Manuel Casas, el Dr. Sierra, don Alfredo Valle... los amigos de la casa?

—Hombre que pone un pie en casa de condenado, firma su propia sentencia de muerte. Solas, hemos de llorar su miedo y su muerte, mientras ellos, solos también, se consumen en la angustia. ¡Qué solas deja la guerra a la mujeres!

De cuando en cuando, una voz se alzaba de los gemidos y preguntaba ¿dónde lo han matado? ¿Dónde han dejado el cadáver?

Después de eso, Pablo pensó que el sol no saldría más y sería el fin del mundo. No había aprendido aún que el sol es voluble como los hombres y que el fin del mundo lo vive cada uno cuantas veces se desmorona el suyo propio. ¿Dónde lo han matado? ¿Dónde han dejado el cadáver? ¿No se sabe nada?

De pronto se levantó su madre y lo dejó sin regazo, abandonado en la dura mecedora. Sin titubeos, se dirigió al teléfono y habló y habló, no es un criminal... hombres buenos como él, honrados, rectos, pocos... muy pocos... ¿qué les ha hecho? ¡Si sólo pensó en el bien del pueblo! ¿De qué crimen se le acusa? ... ¿Entonces es cierto que lo han fusilado como a tantos otros inocentes? ... ¿Dónde lo han matado? ... ¿Por qué, por-qué-por-qué...? ¿Dónde está el cadáver? ¡Díganme por lo menos eso! ¿dónde está el cadáver?

Sollozaba con desesperación, se negaban a decir algo, y además ¿de qué le servía encontrar el cadáver si estaba prohibido sepultarlo? que lo devoren los perros y los buitres le arranquen las carnes, fue enemigo del Régimen, por eso tiene pena de muerte el que lo entierre... fue enemigo del Régimen.

Las mujeres, ¡Ave María Purísima! , se santiguaban aterradas. Algunas timoratas se levantaron, bueno, se hace tarde, hay que preparar la cena, me esperan en casa...

No era el dolor, no, era ella misma, su madre, hecha carne de dolor, la que se alzaba de la mecedora con grandes ojeras y lo despertaba con una determinación poco común en ella, vamos, Pablo, el sol asoma, hay que salir ahora.

Salieron juntos de la mano a buscar el cadáver. Ella, que se había confundido siempre con las cosas por su pequeñez, ¿había crecido durante la noche, pues ahora él tenía que empinarse mucho para mirarla a los ojos? En aquellos momentos su silueta se recortaba con precisión en el aire de la mañana y cuando hablaba, su voz era muy clara, aunque profundamente dolorosa; Pablo llegó a pensar que su voz de antes había permanecido nublada por años como un cielo encapotado y sólo la tormenta de la noche se la había dejado limpia de nubarrones.

Al pasar por el mercado de la mano de su madre, Pablo sintió cuánto pesaba la lástima de unos y el odio de otros. Nunca se le había ocurrido que los sentimientos tuvieran peso y medida. ¿Quieres sólo una onza de odio?, pues te jodiste, porque tendrás una tonelada que has de llevar siempre contigo. ¿Que no te gusta la lástima? Bueno, está un poco racionada, pero como pesa tanto, con dos libras basta. ¡Ah, no!, amor, cariño y comprensión, están por las nubes.

Pablo dejó la casa sin adivinar que el trayecto a recorrer era de dos días infinitos con sus noches inacabables. Salió con el sol dándole de frente y caminó entre el bullicio del pueblo que despertaba. Poco a poco, inadvertidamente, sus pasos se fueron metiendo en una zona de tinieblas, agonías, dolores. El descenso al infierno fue paulatino: primero el sol se ocultó del todo y la oscuridad era tan espesa, que había que dar brazadas en la negrura para abrirse paso. ¿Adónde vamos, mamá? Al bosque de los cipreses, ahí han fusilado a muchos. Está muy oscuro, mamá, ¿cómo lo vamos a encontrar entre tantas malezas?

—¿Oscuro? Pablito, no temas, que vas conmigo. Tenemos la claridad del día entero para buscarlo. Suerte que hace sol.

La oscuridad de Pablo había diluido a su lado la silueta de su madre; sabía que estaba ahí por su mano tibia apretada a la suya con ternura, con miedo, protegiéndolo.

— ¡Alto! ¿Quién vive? ¡Ah, es una mujer con su niño! ¿Qué hace por aquí?

En medio de las tinieblas, Pablo sólo podía distinguir las pupilas cercadas de ojeras de los soldados, y sus fusiles.

—Busco el cadáver de mi marido, Pepe Benavides, ¿lo conocen ustedes? ¿Saben dónde está?

—Ordenes expresas... váyase a su casa, señora, si no quiere que le caigan más desgracias... por su propio bien... pena de muerte... ni tocarlo...

Pablo oía las frases deshilvanadas y se preguntaba de dónde salían esas palabras porque aquellos hombres no tenían boca, sólo grandes ojeras cadavéricas. ¡Todo era tan extraño!

Los pies de Pablo acostumbrados al corto recorrido a la escuela, la iglesia, la cancha de fútbol, el mercado, el baldío, fatigaron hectáreas de terreno, devoraron todas las distancias habidas y por haber en el planeta, sin resultado alguno. ¿Dónde está el cadáver? , ¿dónde lo mataron? Silencio. Es definitiva la orden, no insista, señora Benavides, si no quiere complicaciones. No llame a la desgracia, para después echarnos la culpa. Vaya a su casa a cuidarla y guardarla como todas las mujeres del pueblo, y deje de importunar.

Una llamada de teléfono traía la voz ruda de algún campesino, el diez de setiembre se oyeron tiros detrás de la huerta, es un lugar intrincado, lleno de malezas, si quiere venir a buscar, señora... pero no diga que llamé...

Arañada, raída, con el espíritu más roto aún, la madre de Pablo interrumpía la búsqueda sólo para probar unos cuantos bocados de la frugal comida que llevaba en un pañizuelo. Después, como si en ella nunca se agotaran la energía ni el coraje, seguía por los siglos de los siglos... Pablo iba de su mano sumido en su oscuridad espesa, apretada, por la que caminaba con dificultad desde que mataron a su padre. Y ella, mientras tengamos la luz del sol, hay que buscarlo, Pablito. No temas, hijo, lo encontraremos. Suerte que hay sol.

—¿El cadáver de José Benavides, el Juez, lo dejaron aquí? ¿Lo mataron aquí como a otros?

Guardando celosamente el portón aherrumbrado del cementerio, Pedro el sepulturero negó con un movimiento lento, eterno. Envuelto en tanta tiniebla, el viejo Pedro era Caronte, y Pablo que le había hecho mil travesuras con otros chiquillos al pasar por el cementerio, en aquel momento le tuvo tal miedo, que se le puso la piel de gallina: hacía mucho que había dejado de pisar la realidad y entonces comenzó a aprender que la búsqueda angustiada e inútil es un viaje a los infiernos.

Fue el tercer día: ya se aprestaban a salir de nuevo a recorrer los trayectos negroinfinitos, cuando el teléfono sonó con un timbre diferente, como lleno de promesas, quizás porque la mañana estaba tierna y a la esperanza no se le habían abierto aun llagas. El tubo del teléfono lo confirmaba, fue en el cementerio donde lo fusilaron y donde se pudría a la intemperie. La madre de Pablo colgó y se quedó en silencio. Después, como una autómata dio vuelta a la manivela del teléfono, señorita, por favor, Funeraria Encarnada... ¿Funeraria Encarnada? Oiga, necesito para hoy mismo un ataúd de caoba, las más fina... No importa lo que cueste, ya sabe, de caoba fina, para hoy... es urgente... Aquí, Eulalia de Benavides... Sí, mañana se le entierra. Gracias, gracias.

—No hay dinero, pero a mi marido se le entierra

como es debido, aunque comamos polvo y raíces.

—Desobedeces, Eulalia, y es pena de muerte. Recuerda que tienes un hijo.

No valieron ruegos, promesas, nada, para cambiar la orden dada, José Benavides no se ha de enterrar, y pena de muerte al que lo entierre.

Pablo volvió con su madre al cementerio: el viejo sepulturero-Caronte estaba más enteco y amarillo que el día anterior —¿fue realmente el día anterior? Parecía tan lejos, tan lejos de él ese día, que se perdía en una bruma de tiempo. Esta vez el sepulturero habló. Su voz salía pausada, sin prisas, sin modulaciones, sin emoción. Era una voz muerta:

—Tengo órdenes estrictas, señora, no puedo entregar el cadáver. Yo mismo vigilaré noche y día para que no se lo roben. Si usted tiene piedad de este viejo y no quiere ver correr más sangre en el pueblo, no intente nada... su esposo está muerto... que descanse en paz.

Pablo vio con sus propios ojos cómo una a una las palabras del sepulturero fueron amenguando la talla de su madre y la volvía a su tamaño de antes, cuando se confundía con las cosas. Se la veía tan frágil, que por un instante temió se la llevara un soplo de viento. La mano de ella temblaba; iba pensativa, musitando palabras sueltas, no puedo condenar a este pobre viejo, no puedo condenarlo...

Diciembre 20, 1974.

EL ARBOL DEL CHUMICO (1)
(fábula)

*A Lilia Ramos, sendero hacia
la luz, la salvación, el arte, con
filial afecto.*

Junto a la destartalada escuela, el árbol del chumico es un milagro de dádiva para el niño pobre que no puede comprar canicas.

Cuando el niño pobre corre, los chumicos —riqueza negra, de un redondo infinito—, llenan sus bolsillos de un cascabeleo apagado canto de ensueños, anticipo de mil carambolas que llenarán su tarde después de sumas, adjetivos, ríos de la Vertiente Norte, volcanes: Poás, Barba, Irazú, Turrialba...

Delicia del olvido: ya sin hambre, ni pobreza, ni pies descalzos, ni camisa rota, ni remiendos, el niño abre en el polvo el círculo mágico ritual que convierte cada hora en soplo de tiempo, en grito de triunfo, en loca alegría. Tic... Tic... Tic..., agresivos golpean los chumicos en el círculo de polvo.

1. Publicado en *Letras Femeninas*, I, 1, Spring, 1975. En inglés apareció con el título de "The Chumico Tree: A Modern Fable" en *Nimrod*, Fall-Winter 1973, ejemplar dedicado a escritores hispanoamericanos.

Suena la campana del recreo y la chiquillada corre al árbol del chumico a probar si es tiempo ya de arrancarle el fruto. "Aquí, Paquito, uno para mí". "No, que vos ya tenés muchos. Tirame esos tres, Chalo." "Pepe, no seás malo conmigo. Mirá, no tengo ninguno."

—Uno. Sólo uno para mí—, pide Menchita con timidez, tratando de hacerse oir entre el griterío y alboroto del reparto.

—¿Vos querés uno? —, Chalo mira con desprecio el uniforme sin remiendos, los zapatos de charol, las manecillas blancas, limpias, de Menchita. Todos la miran como Chalo, desde el orgullo de sus pies descalzos y el uniforme remendado. Chalo, en la cima del árbol del chumico, le tira un escupitajo que ella esquiva:

—Para vos, eso, ¡mierdosa! Que te compre los chumicos tu tata con su platilla. Si te acercás aquí, vas a ver lo que te damos.

Rumbo a su casa, Menchita piensa que ya debía salir de la tierra el primer retoño de su arbolito de cincos. "¡Sembrás unas monedas de cinco y verás qué árbol!", le dijo un día Eufrasia, la sirvienta, la madre de Chalo, quien llenaba su fantasía de historias de duendes y aparecidos. Menchita sembró sus monedas bajo el duraznero y con la impaciencia de las grandes ilusiones, esperó deseando que relojes y calendarios devoraran el tiempo para verse al fin en la rama más alta de su árbol de cincos, dorados al sol, listos para la cosecha: Para vos, Paquito, para vos, cuatro cincos. Y vos. Elita, tomá siete, para que no me empujés ni me pongás zancadillas. Aquí van nueve cincos para vos, Ofelia, pero me dejás jugar al can. Si no me decís más esas palabrotas, te regalo diez a vos, Pepe. Chalo, Chalito, sé bueno como tu mamá, ¿me das un chumico? Un íngrimo y solo chumico, y te doy todos los cincos que me pidás.

Donde Menchita sembró las monedas, sólo está el círculo que marcan unas estacas y la humedad de la tierra regada muchas veces con la esperanza de que un día todos sus compañeros ariscos le digan que sí, que es igual a ellos, que pueden ir juntos a chapotear en las aguas del Torres y atrapar barbudos en las acequias, o resbalar descalzos por la baba verdenegra de los caños del pueblo, o entrar al círculo mágico a jugar a las carambolas con los chumicos. Igual a ellos...

Mientras, desde la distancia de sus zapatitos de charol, Menchita contempla el juego de los chiquillos. Entre risas y jolgorio, tic... tic... tic, se atacan los chumicos negros, de un redondo infinito. Tic... tic... ¡Carambola! , los chumicos cantan promesas de triunfo.

En el fondo de sus bolsillos, las canicas de Menchita —brillos y colores redondos, infinitos—, no cantan promesas ni juegos, pero se ven muy bonitas. Toc... Toc... Toc..., en el fondo sin esperanza de sus bolsillos chocan entre sí las canicas de Menchita.

El reloj de la iglesia da las cinco, hora del final de juego, del adiós, mañana volvemos; muerte del tiempo ensueño y del tiempo risa.

Los chiquillos, más sucios, más rotosos, pero todos bulla y gozo, se van como cada día, a devorar con hambre sin fin la sopa pobre de hueso hervido por tres días, la olla de guineos y la tortilla endurecida... si es que eso queda al menos.

Menchita, siempre pulcra en sus zapatitos de charol, toda silencio y tristeza, va como ellos a comer con desgana su potaje sustancioso, su carne en rica salsa. Y el árbol de cincos que no crece. ¿Crecerá, Eufrasia, crecerá? ... Si lo regás con ilusión y amor, verás qué hermoso árbol vas a tener un día de éstos...

Entretanto, crece cada vez más el árbol del

chumico y sigue llenando los bolsillos pobres con cargamentos de ensueño y esperanza. El rito del juego —de la vida— se cumple una y otra vez... y el árbol de cincos que no crece...

2 de enero de 1973.

EL ARCANGEL DEL PERDON

*A la niña golosa que un día
probó el sabor amargo de la
culpa.*

¡Paaa-na-deróoo! Real, medio y tres kilos, pan-de-gloria-palitroques -capuchinos-mariquitaaas, pa chu-parse los dedos. ¡Ay, mamita, qué ricos!

El pregón de Dionisio se esparce por las calles y terrazas del Barrio Ayesterán con un aroma al que se pegan los chiquillos como moscas. Cuando la niña golosa sueña sueños felices, ve a Dionisio, calle Bruzón abajo, con el halo de su canasto de mimbre en la cabeza negra, toda hecha de nudillos de pelo apretado. Dionisio da unos pasos de rumba, pone en la acera el canasto rubio que resalta contra su piel carbón y le regala a la niña todos los panes de gloria y los capuchinos: "Pa ti, niña linda. Pa que comas siempre los de Dionisio, que son los mejores del mundo". Después se aleja con su paso de rumba, contoneándose y rompiendo con su pregón la ronda-ronda-ronda de los chiquillos del barrio. El sueño de la niña se acaba cuando ella da el primer mordisco... las golosinas se desintegran en el aire cálido de la ciudad y sólo queda un vago olor a pan recién horneado.

La niña golosa, muy regordeta —parece toda rellena de dulces—, gasta sus monedillas en los pasteles de Dionisio. Y cuando las ha gastado todas, sacia el apetito robando. Roba los bolsillos del padre; el monedero de la madre; la alcancía de los hermanos; los ahorros de las criadas. "¡Qué importa, si quiero pan de gloria y capuchinos! ". Pero el Demonio-culpa cae en la noche con todo su peso sobre la cama de la niña golosa y no la deja dormir. "¿Por qué no duerme mi niña? ¿Por qué no puede dormir? No tengas miedo, que al Coco, yo lo espanté".

En las mañanas, la niña golosa se sorprende de que su madre y las criadas tengan ojos y no vean, al tender su cama, al Demonio-culpa pegado a las sábanas como una ventosa. "¿No lo ven? ¿No tienen ojos para verlo ahí? " "No temas nada, niña, que al Coco, yo lo espanté".

* * * *

¿Estará enferma la niña golosa que no compra más pan de gloria, ni corre a la terraza, "aquí, Dionisio, un real de capuchinos"? Marzo está cálido, pero no arden aun los soles de abril y mayo que hacen perder el apetito. ¿Estará enferma la niña que no come nada?

Desde su ventana, la niña golosa busca con obsesión más allá de los tejados el Parque de la Virgen del Camino. Si pudiera llegar ahí. ¡Pero es tan lejos y ella tan pequeñita! ¿Y cómo pasar entre tanto tiroteo y camiones de guerra? "Fué por mi culpa, yo soy la culpable", piensa con angustia. El sol de marzo es cálido, pero los tiroteos y el rodar pesado de las máquinas de guerra han convertido a marzo en un infierno de fuegos y agonías. "Fue mi culpa. ¡Si pudiera ir al parque a devolver lo robado! Yo soy la culpable".

Tic-tac, tic-tac... Radio Reloj da la hora: las cinco de la tarde. ¡Flash, último minuto! , los asaltantes del Palacio Presidencial atrapados en el ascensor... La policía y el ejército luchan por controlar la situación. Seguiremos informando. Regalías El Cuño, satisfacen... ¡Es mi culpa! Mami, llévame a la Virgen del Camino. ¿Estás loca, niña? ¿Quién sale bajo esta lluvia de balas? ¿No comprendes? ¡Fue culpa mía! Tic-tac, tic-tac, Radio Reloj... Los asaltantes... Quiero ir al parque, fue culpa mía. La culpa es mía...

¿No dicen que la Virgen del Camino es milagrosa? ¿Era un milagro que en aquella tarde de marzo se rompiera de pronto el bisbiseo cotidiano del gentío, el hormigueo de las calles, el azul del cielo, el canto de los pájaros con ese infierno de estruendos y humos? Blanca dureza resaltando entre las aguas ágiles de la fuente, la Virgen del Camino miraba impávida desde su pedestal el miedo que corría disperso por la ciudad. ¿Milagro? Todo pasó en un instante: la niña pescó tres monedillas de la fuente de la Virgen para sus golosinas, y fue entonces, precisamente en ese instante, cuando el Demonio-castigo se desató en la ciudad vomitando horror, fuego y muerte. Las señoronas que antes caminaban muy dignas por la acera, corrían a refugiarse en los portales; los autos salían de estampía, desorientados también. Confusión, gritería. Tic-Tac, tic-tac..., Radio Reloj da la hora, las tres de la tarde. Flash, último minuto, la ciudad en estado de sitio. La policía y el ejército se movilizan. Tic-tac, tic-tac... ¡Fue culpa mía! ... Tic-tac, el Palacio Presidencial ha sido asaltado por una banda de guerrilleros. Mejor mejora Mejoral... ¡Fue culpa mía! La culpa es mía.

¡Cómo duelen en la mano y en la conciencia las monedas robadas de la fuente de la Virgen para golosinas! Mami, déjame volver a la fuente a... yo tengo la culpa. Todo va a terminarse, verás, mami, no tengas miedo. Tiro los reales en la fuente y se acaba todo, todo... El Presidente, ¡maldito dictador! , preso. ¡Preso al fin! No, lo han matado. Una bala en la cabeza y otra en el corazón y sanseacabó. ¡Viva la libertad! Mueran los tiranos... Tic-tac, tic-tac... Radio Reloj informa: Falsos rumores corren por la ciudad. El Señor Presidente y su familia a salvo en su piso inaccesible del Palacio. Seguiremos informando. Tic-tac, tic-tac. Cerveza Cristal está en su punto. Ni amarga ni dulce... La culpa es mía.

¿Por qué no come la niña? ¿Por qué ha dejado de comer? Toma, toma muchos reales para capuchinos. Compra todas las golosinas que quieras, compra la luna y cómetela también. No quiero verte triste, no quiero verte llorar.

El Demonio-castigo se ha apoderado de toda la ciudad que calla atemorizada bajo el estruendo del tiroteo. Terror y angustia en el ambiente, en el alma de la niña que estruja con pesar las tres monedas-culpa. ¡Si pudiera volver a la fuente para que el orden se restableciera al fin! El Demonio-castigo se ha sentado con su peso de bestia implacable sobre el corazón de la niña golosa y no la deja comer, ni reir, ni jugar a la ronda-ronda-ronda.

****

Al fin la niña golosa puede tirar las monedas-culpa a la fuente de la Virgen. Una moneda... Tic-tac, tic-tac, Radio Reloj informa: Se ha restablecido totalmente el orden. Dos monedas... Tic-tac, tic-tac: se somete a juicio a los facciosos. Tres monedillas... Tic-tac, tic-tac, Radio Reloj siempre informando: Fusilamiento de los culpables. Restablecido totalmente el orden. Señora ama de casa, compre el aceite Olipuro...

De regreso a la casa, contenta y ligera, la niña piensa que todo ha vuelto a ser como antes y que ella no robará más reales para golosinas, ni habrá nunca más tiroteos, ni camiones de guerra poblando de horror el ambiente.

¡Paaa-na-deróoo!   Pan-de-gloria-palitroques-capuchinos-mariquitaaas, pa chuparse los dedos. ¡Ay, mamita linda, qué ricos.!

Con el halo de su canasto de mimbre en la cabeza, Dionisio viene al encuentro de la niña, calle Bruzón abajo. Extraña aparición de sueño, sin decir nada, Dionisio pone el canasto dorado en el suelo y le regala a la niña golosa el pan de gloria más grande que se pone a reverberar mágicamente al beso del sol. Negro y brillante de sudor, con el halo de su canasto de mimbre, Dionisio es un arcángel hermoso, el Arcángel-del-Perdón.

Middlebury, 12 de julio, 1973.

DIA DE TINIEBLAS

Federico: cuida siempre con esmero el planeta de tus sueños para que sea tan rico y vasto, que en tu vida entera tu huella no llegue a pisar dos veces la misma huella.

Salió el sol y la vida comenzó. Comenzó grande y nueva, con la ternura de todo comienzo.

Arrodiax alzó la alborotada cabellera y con ágil movimiento disparó al sol una flecha de fuego que le arrancó un pedazo. Cayó el pedazo entre el aroma tierno de los amarilis y Arrodiax lo recogió con miedo de quedar todo él saturado de fulgor; lo envolvió en hojas de heliotropo y se fue con él a buscar una tierra amable donde plantarlo.

Con pies de pluma recorrió en un día la mitad del planeta y su inocencia se estremeció de horror ante la araña que chupaba la mosca, la boa que tragaba un conejo, el tigre abrazado al cervatillo; más pacífico, el zopilote devoraba lo que los otros iban dejando; y detrás de todos, el hombre, arrastrando una turbia huella indefinida.

Después de andar un día y una noche, el planeta se puso viejo, arrugado y oscuro como una pasa.

—Arrodiax. Me llamo Arrodiax. Todo mundo lo sabe.

—Loquillo. ¿De dónde sacas eso? Te llamas Federico.

Arropado aun en el sopor de las cobijas, el niño rompió a llorar:

—Soy Arrodiax. Guardo un pedazo de sol donde yo sólo sé.

Llegó a la escuela, y Federico, a la pizarra. No, yo no soy Federico, soy Arrodiax. Federico, ¿cuánto son dos más dos? ¿No contestas? ¡Federico, a bajar de las nubes! Arrodiax. Soy Arrodiax y guardo un pedazo de sol...

El niño miraba por la ventana el sol y se sentía contento de que algo tan cotidiano se hubiese roto. Estaba cansado de verlo salir cada mañana por el mismo sitio, hacer el mismo recorrido durante el día, hundirse en la tarde en las mismas montañas, siempre el mismo, entero. Ahora era diferente. Algo tan cotidiano como el sol se había roto y él se sentía liviano y feliz.

En el juego del recreo, ¡Federico, aquí, la bola! Soy Arrodiax. No me llamo Federico, lo saben todos. Y se iba enfurruñado.

— ¡Federico, la merienda! Ven, Federico, —lo llamaba su mamita.

—Yo soy Arrodiax. Para que me crean, me voy ahora mismo de esta casa y no volveré ya más.

Dio un portazo que hizo retemblar toda la casa y se fue. Al principio sintió bajo sus pies el asfalto de las calles y la dureza bulliciosa de la ciudad. Poco a poco, con los celajes tibios del atardecer, se fue poniendo el planeta mullido y verde. A su lado iba Papadoc, meneando el rabo de contento. Sólo Papadoc sabía que él era Arrodiax. Papadoc sabía también dónde guardaba el pedazo de sol envuelto en hojas de heliotropo que nunca se secaban. Juntos iban en la tarde, después del ordeño de las vacas, bajo los jaúles, a mirar el tesoro. Arrodiax se quedaba junto a los amarilis mientras Papadoc metía el hocico ansioso entre la verdura del pastizal en busca de liebres.

Un día no salió más el sol. Las nubes se sentaron pesadas y tristes sobre los pastizales y se enredaron en las ramas de los jaúles. Octubre no cesaba de llover sobre las cosas. ¡Si al menos asomara un rayito de sol!

—Tengo guardado un pedazo de sol. Lo voy a buscar. Lo pondremos en el ciprés más alto y nunca más habrá neblina, oscuridad ni garúa.

Pero ese día, entre los amarilis, donde guardaba su tesoro, Arrodiax sólo pudo encontrar el cadáver de Lucero, el ternerito que se había perdido la noche anterior. Los zopilotes le arrancaban las entrañas y los ojos. Un pesado aire apocalíptico anulaba toda posibilidad de soles futuros o de nuevo retoñar de hojas. Olía a podredumbre, a carroña. Aterrado, Arrodiax pegó un grito tan intenso que rompió de un solo golpe la oscuridad y el final definitivo de todo. Fue un despertar feliz:

—Soy Federico. ¡Soy Federico! No me llamen Arrodiax. Yo no soy Arrodiax. No quiero la oscuridad, ni los soles que se rompen, ni los zopilotes... y esas tripas que subían con los zopilotes hasta el cielo... Yo soy Federico...

Papadoc despertó también al grito y se puso a lamerle contento la cara.

El sol iba saliendo como siempre, grande y nuevo, mientras Federico se preparaba para ir a la escuela.

—Hasta luego, mamita. No se te olvide que soy Federico. No me llames nunca más Arrodiax. ¿Sabes?, el último día de todos, en la oscuridad sin sol, Arrodiax tuvo que atravesar un mar de vidrio y fuego para matar la culebra de siete cabezas.

—Federico, te he repetido una y mil veces que no veas esas tonterías en la televisión. Te ponen nervioso.

—Mamita, no son cosas de televisión. Tú no entiendes.

25 de octubre, 1973.

EN EL REINO DE LA BASURA

Fea, horrible, hedionda, ojoslegañosos, chorrea-
mocos, hedés a orines y a pan mojado. Las costras te
hacen mapas oscuros en los brazos, en las piernas, en la
cara. Piojosa, pulguienta, todo el polvo de la calle
apestosa a boñiga, lo llevás en las greñas y en lo opaco
de los ojos. ¿Cómo cabe tanto polvo en el ojal de tus
ojos y en el montoncillo de tu carne? ¡Inútil, no sabés
ni apañar la bola, ni hacer jugadas con los chumicos, ni
bailar el trompo de guachipelín. ¡Inútil! ¿Para qué
servís? ¿Servís de algo acaso? Pertenecés al rincón de
los chunches viejos donde te podés confundir con las
cosas inservibles. No, mejor a la basura, entre las
cáscaras de plátano y chayote, entre la broza de café, los
jugos pútridos de las frutas a medio comer y la
hediondez de la carroña. En el hueco del excusado
estarías mejor, diluidas tus costras y fetidez en los
excrementos y la hedentina, para que no molestés a
nadie... en el hueco del excusado... en el fondo de la
basura...

Desde el rincón de su soledad, la niña contempla el
juego bullanguero de los chiquillos lavados, peinaditos y
con zapatos. Mira el suelo y se pregunta por qué
—millones de por-qués le pululan por dentro—... Se

pregunta por qué a sus piececillos desnudos les tocó endurecerse con la grava y la tierra áspera.

Los otros niños levantan una algarabía de gritos en la ronda, para hacer más vistosa su presencia limpia y aliñada, su tez blanca. La pequeña, muy sola se aovilla en la pelotita insignificante de su alma y desaparece suprimida por el ansia de ser nada.

Fea-horrible-mocosa. No nos mirés, que nos van a caer mal los confites y los mangos de puro asco que nos das. No te arrimés, tu olor a orines y a trapos empapados de sudores nos marea. Andate a llevar el portaviandas a tu tata que trabaja en nuestros cafetales, y no volvás por aquí.

¡Inútil! ¡Inútil! ¿Para qué servís? ¿Para qué estás en el mundo con nosotros?

Las lágrimas de la niña son también oscuras al abrir surcos en el mapa terroso de las mejillas. ¿Por qué? ¿Por qué? ¿Por qué? ...

Tonta, zopenca. No hablás como nosotros. No sabés ni hablar. No decís nunca nada.

En la casa, la madre le da un empujón, un pellizco, "vagabunda, dejá de perecear y loquear".

En la calle es tanto lo que quiere hacerse invisible, que tropieza con todo.

Un día la chiquillada bullanguera pega un grito en medio del juego y señala con horror el basural del baldío: entre cáscaras de plátano y de chayote, entre broza de café y jugos pútridos, entre sobras de comida, escombros y papeles rotos, la niña fea, sucia, apestosa, está muerta.

—¡Pobrecita!

—¿Qué feo morir así!

—Alguien la mató. ¡Tan buena que era!

—¿Quién la mató? Si no molestaba... siempre en el

mismo rincón...

En el reino de la basura, la niña fea y repugnante por primera vez tiene una plácida sonrisa de satisfacción. En el reino de la basura...

Houston, noviembre de 1971.

LO INCONFESABLE

Preocupado y meditabundo salió el Padre Segura del Palacio Episcopal. Rebullían en su oído las voces entreveradas de Monseñor Naranjo y de la cinta magnetofónica como si siguieran vibrando en el aire encajonado de aquella austera habitación de cedro jaspeado. Inútil todo sermón, aunque procediera del Santo Papa. Tiempo atrás él había escogido el camino estrecho, muy estrecho, y ya nadie lo podría desviar. Obedecer a la Iglesia, o dar una patada a la conciencia... Ellos no entendían que todo era por el bien de los feligreses, para que sirvieran mejor a Cristo y cumplieran con los Santos Sacramentos. Una confesión que elude un pecado mortal como ése, no es confesión. Hay que enseñarles, ayudarles a que no se avergüencen de confesarlo, sobre todo a las mujeres, esas timoratas que a la hora de la tentación, no se lo piensan dos veces, pero se acercan al confesionario con remilgos, con reticencias, ¡ay, Padrecito, qué vergüenza, no me pregunte eso! Me hace sonrojar, Padrecito, por amor a Dios... ¡Ah, pero cuando lo hiciste, enrojeciste... de placer! , ¿eh? No lo niegues, que estás ante el tribunal de Dios, y el pecado de una mala confesión es algo serio. Y bueno, claro, desde jovencitas, se hace hábito.

¿Qué dijo Monseñor Naranjo? ¿Que los cargos contra él, contra el Padre Segura, eran cargos graves? ¿Porque defiendo lo sagrado del Sacramento de la Penitencia? ¿Porque enseño a perder el miedo a confesarlo todo? Virginita, Ud. no tiene ya dificultad en confesar este pecado, ¿verdad? ¿Recuerda cuando era más niña y tenía esa dificultad? Y su voz en la cinta, sí, Padrecito, me acuerdo... era difícil, dificilísimo, lo callaba siempre, siempre... Y la cinta seguía, ¿Cree que si no la hubiera ayudado entonces, podría hoy confesarse sin que le hicieran preguntas? Claro que no. Y Monseñor Naranjo: de pervertidor de menores lo acusan a Ud. Las madres en especial, han puesto el grito en el cielo. Lea, lea esta carta firmada por cincuenta padres de familia: que si corrompe a la juventud, que si abusa del poder espiritual de que está investido, que si se complace en preguntar a sus hijas detalles mínimos, innecesarios, que si fue así, que si fue asá, cuántas veces, en qué circunstancias...

¿Volver atrás? ... ¿ahorcar los hábitos después de tantos largos años? ... Volver atrás sería traicionarse y traicionar a su rebaño. Algunos, muchos, los jóvenes sobre todo, creían en él. Ellos le habían dado sentido a su vocación y a su vida. Los viejos que siguieran con su norma farisea: ¡qué vergüenza hablar de ésto! ¡que vergüenza hablar de aquello!

Bajo el sol ardiente del mediodía, —fuego que ablanda las cosas, el ánimo, el deseo,— caminaba el Padre Segura sin rumbo, desalentado. Un bisbiseo continuo lo asediaba; ¿era el tráfago incontenible de la ciudad que se precipitaba hacia el almuerzo y la siesta que ponen un paréntesis a la rutina de cada día laboral? Enredadas en ese ruido, las voces de la cinta magnetofónica, y la palabra-sentencia-sermón de Monseñor Naranjo, son muy jovencitas para preguntarles eso, ellas no entienden, o salen del confesionario abochornadas. ¿qué edad tienes, Virginita? Dieciocho. ¿Y cuándo comenzaste a hacerlo? A los doce... no, a los once...

Caminando por las calles donde pululaba una multitud que parecía dar brazadas en un mar humano para subir al autobús, o llegar al estacionamiento antes que los otros, el Padre Segura se sentía agobiado por la soledad; estaba solo, él, que amaba la compañía, la charla, la risa, el chiste picante, la alegría de los muchachos que iban todos los domingos en excursión con él. Mientras mascaba nerviosamente chicle, su volumen frondoso se le iba poniendo ético y esmirriado como una varita seca. ¿El calor? ¿La soledad? ¿La aspereza del señor Obispo? Perversión... obscenidad. Trató de pensar en uno de sus chistes, pero ya ni eso remediaba nada. En un puesto de periódicos leyó: "MIEMBROS DE LA A.D.O. (Asociación en Defensa del Oprimido) INVADEN IGLESIA ABANDONADA. Todo el día de ayer los manifestantes turnaban la guardia de la iglesia marchando al mismo tiempo por las calles con grandes cartelones en los que reclamaban el derecho a usar el templo. 'Necesitamos alojar a los que no tienen un rincón donde morir en el mundo. La Iglesia, que predica el desprendimiento para los pobres, no tiene derecho a negarnos un edificio que ha tenido abandonado por años', declaró el señor Marín, Jefe de los manifestantes...''

¡Necios, recontranecios! Se creen que haciendo manifestaciones, gritando mucho y usando de la fuerza, lograrán algo. Tiempos de violencia. ¡Vaya tiempos los que vivimos! Que lo oyeran a él, al Padre Segura: ¡TRABAJO! Eso, sólo el trabajo abre las puertas más inaccesibles. Pero estos muertosdehambre creen que porque no tienen casa ni pan, al mostrar su miseria, ya tienen ganados todos los derechos. Cuando fue a verlo Marincito, —que lo apoyara en su causa humanitaria, ¡habráse visto! — él le dijo:

—Mire, Marincito, con la fuerza no se va a ninguna parte. Reflexione. ¿Por qué no se dedica más bien a buscar trabajo a los afiliados de su partido? Eso sí es humanitario, y yo le ayudaría. ¡Y cómo le ayudaría, hijo mío! Trabajo sobra. Lo que falta son ganas de trabajar.

¿Que él, el Padre Segura, no conocía el hambre? Marincito ni nadie saben que a Paco Segura, hoy Reverendo —¿ahorcar los hábitos después de tanto sacrificio? — fue el hambre, el HAMBRE, así, con mayúsculas, la que lo hizo hombre y sacerdote. Viéndolo bien, hay dos hambres fisiológicas en el mundo: la que debilita el ánimo y la vergüenza y se queda mano sobre mano esperando un raro milagro. ¡Milagros entre los piojos, los harapos sucios y el mayor azote de la sociedad, la desidia! La otra hambre, noble, digna, impregna el cuerpo todo hasta la médula del alma, de un orgullo de acero que no se tambalea ni duda ante nada, que es siempre triunfo y creación. Esta fue su hambre hasta los días del seminario.

Y la voz de Monseñor Naranjo seguía; los padres de familia que firmaron el documento, piden que salga de la parroquia. Consideran que usted es una amenaza contra la moral de la juventud que han puesto bajo su cuidado. Y él: vaya a la parroquia donde vaya, Monseñor, yo velaré celosamente porque los fieles cumplan como se debe con el Sacramento de la Confesión. Y la cinta: muchos sacerdotes comentan que las mujeres nunca confiesan ese pecado. ¿Piensa usted, Virginita, que efectivamente no lo confiesan? Es cierto, Padrecito, no lo confiesan. ¿Y por qué? Porque tienen mucha, muchísima vergüenza, como yo... antes... Cuando van a confesarse las mujeres, ¿usted cree que quieren ser perdonadas y alcanzar el estado de Gracia que da la Penitencia? Sí, Padrecito. Pero entonces, ¿por qué no confiesan ese pecado, si saben que la omisión consciente no les da la Gracia que buscan? Ya lo dije, porque tienen mucha, mucha vergüenza... ¿Y usted cree, Virginita, que ese pecado es mayor que, por ejemplo, el de odiar al prójimo? No, Padrecito, no es mayor, porque es muy normal.

El Padre Segura dio con ira una patada a una naranja medio comida que ya soltaba con los vahos del calor, humores pestilentes — ¡ese olor agri-sucio de la ciudad! La naranja se perdió entre los zapatos de los transeúntes, como su pelota de trapo, su primera pelota que él cosió cuidadosamente con andrajos robados a su madre. Con su pelota de trapo aprendió a meter los goles que después asustaron a los del equipo enemigo de fútbol. Pero un día le dio una patada tan grande, que cayó la pelota esponjada a sus pies, con las tripas de fuera. Como esa pelota habían sido sus ilusiones de niño, todas destripadas por la miseria. No había rincón oscuro de la pobreza que no le hubiese pertenecido a él, hasta el robo del mendrugo de pan y el mango de la frutería; los centavillos por un mandado; las sobras del rico por llevar un recado: toma, Paquito, lleva a tu mamacita este lomo de ayer, debe estar bueno todavía...

Y su madre viuda, pálida y enteca, con voz desesperanzada: A nosotros nos falta lo que les sobra a los otros. ¡Mal repartido está todo en el mundo!

Paquito Segura la consolaba, él sería rico, ella lo vería con el tiempo, rico, riquísimo, y entonces repartiría por igual, y a nadie le faltaría nada.

Fue su madre quien le enseñó a cobrarle tirria a los ricos: siempre habrá pobres, Paquito, porque el hombre en la opulencia quiere más y más, se olvida de su prójimo. No había más que mirar a don Alejo Pombo, dueño de medio pueblo; ¿que daba limosna al pobre, o pagaba médicos y remedios a sus peones? Los hacía trabajar de sol a sol y cuando caían enfermos, los echaba con que aquí necesito gente cojonuda, ¡a la mierda los pendejos como usted!

Era amarga su madre viuda aunque al lado de su padre había sido dulce, sonriente, siempre cantando con la música monótona del agua del lavadero o el chirriar de la sartén que entonces sí se calentaba. Pero después de las fiebres que trajo su padre de las fincas de don Pío Pombo, se volvió mustia y la amargura se le filtró hasta la médula de los huesos. Su figura, fuerte, esbelta, se le fue apergaminando hasta quedar escurrida, envejecida. Hablaba poco y cuando hablaba, era lo mismo: injusticia, desigualdad, hambre, pobreza, miseria. Fue cuando Paquito robó porque se creía con el derecho de arrancar a los otros lo que no querían dar. El Padre Maya le tiró de una oreja y lo amonestó duramente: la cárcel fría, dormir en el suelo duro entre ratas, cucarachas y lagartijas; después, peor aún, el suplicio del infierno y para siempre, siempre... ¡y cuánto se prolonga ese SIEMPRE! : la larga espera de algo muy deseado, multiplicada por millones, billones, trillones, y sólo así se tendría una idea muy mínima de ese SIEMPRE.

El Padre Maya se hizo su amigo, pero Paquito tenía dos cosas contra el cura: le habían dicho que era judío converso y lo repetían tan en secreto íntimo, que él asociaba lo de judío con Judas, el crimen, lo prohibido.

Además, las sotanas son detestables, faldas largas, ropa de mujer. ¿Quién que fuera verdadero hombre, un macho de pelo en pecho, se iba a hacer cura con ese balandrán negro? Y por debajo, ¿qué llevaban los curas? ¿Refajo de encajes almidonado como la abuela? Su curiosidad niña no se despegaba de la sotana del Padre Maya. ¿Y si los curas fueran de un sexo diferente, algo así como el género neutro de la gramática, un "ello"? Cuando vio por primera vez los pantalones del Padre Maya el día que éste se lanzó al río a salvar a Lolita, se convenció entonces que era un hombre, ¡Y qué hombre!

Su figura ensotanada se reflejó en una vitrina del camino. ¡Si los sacerdotes fueran un género neutro, un "ello" sin necesidades físicas, sin deseos, sin sentir que su fisiología masculina se estremece de ansias de mujer!

Y Monseñor Naranjo, con voz pausada, sabia: aunque sea para un estudio sicológico de sus cursos universitarios, eterno estudiante de mi diócesis, usted no debió nunca grabar esas encuestas, Padre Segura. Es indecente, obsceno... Y él, convencido del valor socio-religioso de esas encuestas, que las muchachas habían consentido en que se grabaran, lo decían en las cintas, además, no se reconocía su identidad... ¿Y el carácter científico-objetivo de las mismas? : ¿Se da cuenta, Virginita, de que estoy grabando esta conversación? Sí... ¿Acepta que se grabe sin omitir detalles? Sí, Padrecito, total usted sabe por qué lo hace.

Y en las noches, sin poder dormir... si fuera "ello", estaría aplacado, calmo; pera era "él", un hombre quemándose en deseos. No bastaban para aplacarlo el trabajo en la parroquia, las intensivas sesiones con parejas prontas a casarse, ni sus cursos en la Universidad —título de educación, sicología, literatura—, sólo como ejemplo, Monseñor, sólo como ejemplo para éstos mis humildes feligreses, usted sabe, tanto tiempo reprimidos, sin educación universitaria, salen con que Padrecito, ¿y qué se saca con estudiar? Orfelinda con su título sigue de sirvienta en casa de los Smith. ¿Y Gumersindo? , de mecánico. Sólo como ejemplo, Monseñor.

El Padre Maya no se quemaba en deseos. Tenía una mirada tranquila y plácida de mar adormecido. Solía acariciar con ternura las cabezas sucias y despeinadas de los chiquillos que siempre andaban detrás de él para ganarse una estampa o una medallita. Todas las tardes, a las cuatro, se arremangaba en medio de la plaza la sotana y se lanzaba con ardor detrás de la pelota, entre los chiquillos que lo recibían con grandes hurras. Paquito Segura comprendió por esos días que había sido difícil atisbar aquellos pantalones porque le venían muy cortos, y avergonzados, se encogían tratando de esconder su descolor, tristeza y remiendos debajo de la digna sotana. Al terminar el partido de fútbol, el Padre Maya acababa enrojecido, sofocado, como si por dentro algo le fuera a estallar, pero con un destello de luz en las pupilas. En el pueblo él era el único puro, manso, de alma infantil. A los demás, Paquito Segura los vio siempre en el bar, escupiendo al suelo, borrachos, maldiciendo a troche y moche; o en el billar, haciendo carambolas entre copa y copa y obscenos juramentos.

El Padre Maya insistía en que el trabajo y el deporte eran antídotos del vicio y la miseria desvergonzada. En el fútbol, perfeccionamiento y logro: había que tratar de jugar poniendo cada uno lo mejor de sí mismo, y así con todo en esta vida. Mientras los entrenaba, iba dándoles una doctrinita por aquí y otra por allá, y sin que se dieran cuenta, los tenía preparados para la Primera Comunión. Eso sí, inflexible en las confesiones, todo lo preguntaba. El infierno si te guardas un pecado, Paquito, el infierno con torturas eternas. Era un revuelca concienciasmiedosangustias en la confesión, pero después todo quedaba saldado con un padrenuestro y tres avemarías. Las muchachas, ni por el Sagrado Corazón de Jesús se arrimaban a confesar con él, porque, bueno... ¿te ha besado tu novio?, ¿te ha manoseado?, ¿cómo?, ¿dónde?, ¿cuántas veces? ... Y la voz del magnetófono entre el bullicio de la calle: ¿Por qué cuando una persona comete ese pecado no siente vergüenza alguna, pero sí la tiene cuando hay que confesarlo? Bueno, Padrecito, yo creo que porque al hacerlo, ni piensa en eso, sólo en el placer que siente. Y claro, cuando va a confesarlo, es diferente...

El cielo se estaba encapotando. Pronto caerían los aguaceros de todas las tardes. El Padre Segura precipitó el paso hacia la parada de autobuses. Notó entonces que no tenía la agilidad de otros días, que algo lo agobiaba. ¡Dios Santo!, ¡ahorcar los hábitos! Su madre, que tantas esperanzas puso en su vocación... No, Monseñor Naranjo no dijo eso... cambiar de actitud. ¡Obscenidad!, pero ¿y el deber de vigilar porque se cumpla con los sacramentos? Una patada a la conciencia, hacerse el de la vista gorda, dejarlo pasar todo...

Y seguía resonando en sus oídos aquella voz profunda dentro de la habitación de cedro jaspeado: ¿Se ha dado usted cuenta, Padre Segura, del escándalo? Esas muchachas son Hijas de María, todas, y las hijas de María son el ejemplo máximo de pureza y castidad. Un pecado de esa monta, confesado por ellas mismas, grabado en la cinta además... desmoralizaría a la comunidad. Compréndalo, ¡un desastre!

Monseñor Naranjo no entendía que no se trataba de hacer público el pecado. Todo era un experimento para sus cursos y una demostración de que si se les da confianza, pierden la vergüenza de hablar de eso y así sus confesiones son completas, un modelo de confesión.

Monseñor insiste y nadie lo hará cambiar: pero esa misma falta de vergüenza, ¿no es una forma de allanarles el camino para que cometan el pecado ya sin escrúpulos, sin el miedo siquiera de que hay que confesarlo después? ¿El miedo, la vergüenza de confesarlo, no es muchas veces un freno? Y la voz en la cinta seguía y seguía enrollándose entre los ruidos de la muchedumbre: Los hombres lo confiesan siempre, Virginita. ¿Ustedes, las mujeres, tienen vergüenza porque el cura es hombre? Bueno, quizás sí, por eso... también porque dicen que sólo los hombres lo practican: yo me sentía antes doblemente culpable, creía que era yo sola...

¡Y siempre lo mismo, la hipocresía, porque lo verdadero desmoraliza a la sociedad que se mantiene en un peligroso equilibrio donde pesa más el pecado! Hay que ofrecer a los ojos la carátula virginal de la hija de María. También a Paquito Segura le fue difícil confesar ese pecado, y otros más, sobre todo cuando entró al Seminario a los trece años, poco después de que su madre rehusó rotundamente dejarle recibir en la ciudad un entrenamiento completo de futbolista, porque su vocación era ésa, había que verlo dar aquellas magistrales patadas y defender la cancha. Entonces creía que tan pronto como entrara al Seminario automáticamente se convertiría en "ello", pero... cuanta más disciplina y dureza empleaba consigo mismo, "él", el hombre, el macho, salía subrepticiamente en los sueños de la noche, ante una mujer o una foto de revista. Por eso, por las calles de la ciudad, caminaba en la fila negra de los seminaristas mirando al suelo. Pero era inútil, entre sus piernas se le endurecía un dolor agudo. Las mujeres, ¡felices! , no lo sienten, es más fácil para ellas entrar al convento. ¡Y qué placer el alivio de ese dolor duro que ocupa todos los resquicios del cuerpo! Después queda el residuo de la angustia, de la agonía de tener que confesarlo, porque al día siguiente hay que comulgar...

¿Puede decirme, Virginita, de qué pecado vamos a hablar durante esta entrevista que estoy grabando? De la masturbación, Padrecito. ¿De mujeres, o de hombres? De las mujeres. Bien, a mucha gente le choca saber que las mujeres se masturban. Dígame, ¿es corriente la masturbación entre las muchachas? Sí, muy corriente. ¿A menudo, o sólo de cuando en cuando? A menudo, dos o tres veces por semana.

Y Monseñor Naranjo en su cuarto de cedro jaspeado: Usted ha llevado las cosas a extremos, Padre Segura. Aquí no se trata sólo de haber expuesto a la luz pública un tema delicado, ni de haber enseñado a las muchachas de su parroquia a confesar un pecado difícil. Se trata... no sé cómo decírselo... usted quizás no lo ha visto, pero es que usted... en esa entrevista, con esas muchachas, ¿sabe? , es obvio por el placer que pone en los detalles... que... bueno, es difícil decírselo, pero que...

Dígame, Virginita, ¿las muchachas se masturban hasta el orgasmo? Sí, casi siempre. ¿Cuántos orgasmos puede tener en una masturbación? Dos, tres... ¿Cuánto tarda en producirse? ¿Cuál de ellos da más placer?

¿Por qué no callaba de una vez por todas la voz de Monseñor apagada por la jungla de ruidos de la ciudad-precipitándose-al-almuerzo? : Esos detalles minuciosos, ese complacerse en preguntar y preguntar y más preguntar nimiedades asquerosas... nada menos que a las hijas de María, muchachas puestas en sus manos de Pastor de Cristo, para que las lleve por el camino de la vida eterna...

Houston, setiembre 15, 1975

INDICE